Fabrice COLIN

Le syndrome Godzilla

ROMAN

(...) mais une énorme griffe brise le panneau vitré, faisant tomber sur nous une pluie de verre brisé, et la griffe s'empare de moi, et elle est chaude, on la sent tremblant d'une colère furieuse, et elle est couverte d'une écume qui mouille le complet que je porte, et la griffe me tire à l'extérieur et je me tortille en direction de la fille qui répète le même mot, cette fois plus clairement.

« Godzilla... Godzilla, espèce d'idiot, j'ai dit Godzilla. »

Bret Easton ELLIS
Zombies, « *À la découverte du Japon* ».

This is an old godzilla flick,
This is an old godzilla flick.
People that you love,
Are never going to say hello again.
And it's only in the movies.

The Flaming Lips – *Godzilla flick.*

Fulguration

Le soir où nous arrivons à V., un orage de fin du monde explose au-dessus de l'océan et le ciel s'ouvre en deux, malade de colère, le ciel déverse des trombes d'eau glacée sur l'écran noir de l'horizon.

Le nez collé à la vitre, je regarde la mer.

Des vagues se soulèvent en mugissant, la nuit est poignardée d'éclairs ; on n'entend rien d'autre que le bruit de la pluie qui crépite sur le pare-brise.

À la radio, les *Kindertotenlieder* de Mahler : chants pour les enfants défunts.

Depuis qu'une panne de courant a privé la ville d'éclairage, nous roulons au ralenti. L'endroit est mort, abandonné. Une déprime terrifiante me gagne, pire encore que d'habitude. Jusqu'où peut-on descendre ? Je surveille mon père du coin de l'œil. Il ôte ses lunettes et fixe la route, obstinément.

Je voudrais lui dire quelque chose mais au moment où j'ouvre la bouche, mon portable se met à sonner.

Tu ne réponds pas ? demande mon père en éteignant la radio. J'attrape le téléphone dans la boîte à gants. L'écran indique un numéro caché.

Un nouveau coup de tonnerre ébranle la voiture.

Des affiches en lambeaux passent sur la route, chiffonnées par le vent. Le téléphone continue de sonner. Bon Dieu, je me dis, je ne tiendrai jamais le coup.

Ça te dérangerait de répondre ? soupire mon père.

J'appuie sur la touche ON et plaque le haut-parleur sur mon oreille.

Allô ?

Ouais.

Ouais.

Mon père remet ses lunettes et se tortille sur son siège. Au bout de la ligne, personne ne parle. Alors je fais semblant. Je me représente un ami, quelque part. Quelqu'un qui prendrait de mes nouvelles.

Mon père éternue ; nous continuons d'avancer.

La ville est déserte.

Sur le front de mer, seuls quelques stores demeurent levés. Des lueurs tremblantes se devinent derrière les rideaux. J'imagine des veillées mortuaires. Je vois des linceuls froissés, des visages cireux, des larmes suspendues.

Je continue de parler à personne.

Oui, je fais. Ouais, non, non, bien sûr que si, tu rigoles ?

Mon père a arrêté la voiture. Il se gratte le front, fronce les sourcils, pianote sur son volant. Daniel, il siffle, passe-moi le plan, je crois qu'on s'est trompés. En fait, il n'en a rien à foutre que je parle à quelqu'un ou pas. Oui, je pense, oui, on s'est trompés, c'est pas possible, on va trouver une autre ville, plus grande, moins sinistre, avec des lumières, un endroit où il ne pleut pas, un endroit où je me sentirai chez moi, un endroit où devenir fou ne sera pas la solution unique.

Je poursuis mon monologue. Je commence à prendre goût à tout ça. Ce quelqu'un qui m'appelle et qui ne dit rien et qui m'écoute débiter mes conneries. Ce quelqu'un qui m'écoute. Ouais, je dis, ouais, on est arrivés, enfin, pas tout à fait mais...

Daniel, déniche-moi ce foutu plan, veux-tu ?

Je fais signe à mon père que je suis toujours au téléphone, que je risque de ne pas être très efficace. Et tout en continuant à parler – ouais, ouais moi aussi, tu m'étonnes – je me baisse sous mon siège, là où le plan a été aperçu pour la dernière fois.

Attends, je dis, ça roule bien mais tu sais, avec cette pluie. Mm, tais-toi, il paraît que c'est jusqu'au 15 décembre, c'est ce qu'ils ont annoncé et après... Quoi ? Oui, oui, je suis avec mon père. Il t'embrasse, d'ailleurs.

Je ne trouve pas le plan. Je me redresse, presse la touche OFF.

C'était qui ? bâille mon père.

Je hausse les épaules. Tu ne connais pas.

Il sourit : tu as dit « Il t'embrasse ».

Ah ouais ? Peut-être bien.

Il sourit encore : tu es assis sur le plan.

Je rigole. Ah, euh, désolé. Je le lui tends, désespérément amical.

Mon père allume la veilleuse. Il dit qu'on a besoin de faire le point. Il déplie le plan, suit un tracé du bout de l'index. Renifle. Alors alors.

Je repose mon front contre la vitre. Un éclair déchire la pénombre. L'espace d'un dixième de seconde, la mer devient blanche comme la mort et on se croirait dans un putain de manga de Jirô Taniguchi.

Bon, maugrée mon père en empoignant le levier de vitesses pour entamer une marche arrière, mauvais chemin, on a loupé un embranchement.

Je réponds – je ne sais pas quoi. Je pense au téléphone. Je pense à cette personne à qui je parle. Je pense au fait que je n'entends même pas son souffle.

Je pense :

À ma mère.

D'un coup, le courant revient. La rangée des lampadaires plantée au milieu du terre-plein émet une série de halos jaunâtres, feux follets dans le brouillard – tout ça respire une magie lente et funèbre.

Pourquoi on ne fait pas simplement demi-tour ? je demande.

Parce qu'on ne peut pas, répond mon père, ne sois pas trop crétin s'il te plaît.

Et voilà.

C'est comme ça chez nous.

Je ne peux pas dire que ce soit gai ni spécialement accablant. Je ne connais pas grand-chose d'autre.

Le métier de mon père

Mon père est biologiste, spécialiste des organismes marins, détaché par un centre d'études national, international, mondial, galactique. Il s'occupe de la reproduction en milieu naturel, de la prolifération du plancton, des conséquences de la pollution sur le comportement migratoire des espèces protégées.

Tous les six mois environ, il est dépêché auprès d'un nouvel aquarium. Tous les six mois, nous faisons nos affaires et nous remontons vers le nord. Chaque fois, l'océan devient plus sombre et tourmenté. Comme moi.

Mon père, il n'y a que son boulot qui l'intéresse. Le soir, il s'enferme dans son bureau et il remplit des pages entières de notes, de tableaux, de graphiques. On appelle ça valider des observations de terrain. Le matin à six heures, mon père est déjà debout, il a bu son café et il compulse des ouvrages de référence, un carnet à la main.

Qui n'est pas seul ?

Le moment où je le rencontre pour la première fois – on ne peut pas vraiment parler de rencontre, mettons invention, mettons révélation – survient à la seconde précise où notre voiture finit de reculer.

Nous longeons la promenade qui fait face à la mer. Des bancs publics défilent, obscurs. Mon père tourne et s'engouffre dans la rue que nous avons manquée. Ah, il dit, j'en étais sûr. J'étais sûr que c'était là et puis je ne sais pas pourquoi, j'ai continué.

J'écarquille les yeux. Là, sur le banc : je viens de voir quelqu'un.

Un homme.

Il pleut à torrent.

Dans un monde idéal, je me tournerais vers mon père et je lui montrerais : hey, t'as vu ça ? Ce type qui reste tout seul sous la pluie ? Seulement, il y a certaines choses qu'il vaut mieux garder pour soi. Non pas qu'on ne puisse rien expliquer. Non pas que la communication soit définitivement impossible. Mais le fait est que ce type a enfilé un sachet en papier sur sa tête.

Je me retourne. Le sachet dégouline, troué, misérable. Le type ne bouge pas. Le monde pourrait bien crouler.

Aperçu de la ville

Des endroits comme V., j'en ai connu des centaines, des millions, je pourrais dessiner la carte les yeux fermés. Une avenue côtière, des arbres au garde-à-vous, des immeubles lorgnant l'océan, pas vraiment moches, quatre ou cinq étages maximum, avec digicodes. Des boutiques de vêtements ; des T-shirts en devanture : *I'm huge in Japan. Sorry for being so fucking sexy. Are you my daddy ?* Des coiffeurs pour dames ; des restaurants médiocres, vides neuf mois sur douze. Des petites vieilles. Des fleuristes. Des rues grises, des maisons à pignons, des fenêtres condamnées, des rideaux de fer. Un temple, une église, ancienne souvent, moderne de temps à autre. Un marché, les mercredis, ou bien rien du tout – et là, il faut rouler jusqu'à la ville d'à côté. Des magasins de souvenirs avec : des horloges déréglées, des dents de requin, des boules tempête, des navires en bois portant des jauges de mercure et un capitaine qui sourit quand il fait beau, des poissons punaisés sur des planches chantant des rengaines paillardes. D'autres boutiques encore. Électroménager. Nous réparons votre ordinateur, votre télévision, nous faisons en sorte que vous teniez le coup, croyez-nous, c'est mieux pour tout le monde. Un vendeur de planches à voile. Un vendeur de jet-skis.

De funboards. Un marchand de journaux.

Et puis le lycée.

Un bâtiment grisâtre, pourvu de baies vitrées, ou creusé dans un cube, ou en forme de paquebot. Des types hagards. Des filles en bandes. Je m'en fous. Pas besoin de me faire des amis, inutile de gagner l'affection des profs, je dis bonjour, je pense au revoir, j'arrive à peine, je ne resterai pas.

Premier jour

Réveil.
Souvenirs embrouillés.

On a déménagé. On est, quoi ? Dimanche ?

Tout recommence. Ma montre indique neuf heures treize.

Sur ma table de nuit, une statuette de Kaneda me surveille avec un air de reproche.

Hein ? je marmonne. Je me lève, prends une douche, retrouve mon père qui est déjà dans la cuisine. Il me salue d'un hochement de tête. Si tu as faim, il dit, il va falloir que tu sortes.

J'opine à mon tour.

Tu veux un truc ? je demande.

Il baisse son journal, sceptique. Un truc ?

À manger.

Il fait signe que non.

J'attrape mon blouson et sors dans le froid.

Nous habitons dans une petite rue parallèle à l'avenue de l'Océan. Il y a un square devant chez nous avec des grilles en fer forgé, un toboggan, des bancs graffités, des marronniers graciles et un bac à sable pour les enfants qui sert aussi aux chiens. Aucun enfant n'est en vue. La rue est déserte. Des flaques d'eau brillent sur la chaussée. Soleil timide entre les nuages.

Je bifurque, direction la mer. Pas la grande foule non plus. Je croise un petit vieux avec une cigarette au bec et une brioche sous le bras. Il fait comme s'il ne me voyait pas. Je me retourne pour le regarder traverser.

Au bout de la rue, l'océan m'attend. L'orage d'hier n'est plus qu'un souvenir. La mer semble reprendre son souffle.

Je m'arrête à mi-chemin. Le type d'hier est là, assis sur son banc. Sa tête est couverte d'un nouveau sachet en papier, ce genre de machin passe-partout dont vous vous servez pour mettre les fruits ou les beignets. Neuf, impeccable. Il doit en avoir toute une collection.

Je m'approche.

Le type se tient droit comme un I. Assis sur le rebord de son banc, les mains sur les cuisses, il toise l'océan et respire à peine.

Je m'avance. Il ne bouge pas d'un poil. Lequel de nous deux n'existe pas ?

Ça m'emmerde de le reconnaître mais j'aimerais qu'il me parle. Je shoote doucement dans le muret, me racle la gorge.

— Sacrée tempête hier soir.

Il continue de contempler la mer. Qui sait ce qu'il peut bien penser.

Je m'accroupis pour refaire mes lacets puis m'éloigne. Je compte vingt pas et je pivote.

Le type reste perdu dans sa méditation.

J'essaie de l'oublier.

Japonais

Le chiffre sept.

Akira – le déploiement tentaculaire.

Les tsukimi udon.

Les filles aux cheveux noirs et aux pensées suicidaires.

Le Pacifique.

Confession d'un masque de Yukio Mishima.

Les héros qui pleurent lorsqu'ils sont seuls.

Les glaces au thé vert.

Les jeux vidéo *Nintendo*.

Les kamikazes.

Les *Maneki Neko* avec leur patte droite levée.

Les pensions de famille.

松尾芭蕉 « *Brume et pluie / Fuji caché. Mais maintenant je vais / Content.* »

Les vieux ordinateurs déglingués.

Le tombeau des lucioles.

Les volcans ; les tremblements de terre.

La rentrée

Le lundi, j'arrive au lycée.

Mon père a procédé aux formalités d'usage il y a plusieurs semaines sans même me demander mon avis. Importance minime.

L'établissement en question ne se trouve pas à V. même mais dans une ville côtière plus importante, à une vingtaine de kilomètres. Il y a un car de ramassage qui passe une fois le matin et ne revient que le soir.

Je suis bloqué là-bas.

Mon arrivée se déroule comme chaque fois. Les profs essaient d'être sympas avec moi, les élèves m'observent avec un mélange de méfiance et de curiosité, puis la curiosité s'émousse.

Je ne travaille pas trop mal. Je n'y mets pas un acharnement hors du commun mais je m'efforce de m'appliquer, de trouver de l'intérêt aux cours. Ça me permet de me maintenir dans la moyenne sans trop d'effort. Le reste du temps, on me fiche la paix.

J'ai un lecteur mp3. J'écoute *Cartoomtv, Turangalîla, Hydero-mastgroningem, Finery of the storm.*

Les copains ? Inutile de forcer, je ne serai plus là dans six mois. Les filles ? Même constat – et aucune n'est mon genre.

Je n'aime pas spécialement faire des politesses. Bien vite, tout ce petit monde est soulagé de ne pas avoir à en faire non plus. Il y a bien un ou deux garçons qui tentent le coup au début ; ils laissent vite tomber.

Je suis le nouveau réglementaire, le garçon trop bizarre.

Je suis le taciturne, l'ombrageux, le type qu'on ne cherche pas.

Je pourrais briser la glace, pourtant. Je pourrais leur apprendre des insultes japonaises médiévales ou leur faire une démonstration de taekwondo dans les vestiaires du gymnase. Je pourrais en inviter un ou deux chez moi à jouer à des jeux en import dont ils n'ont jamais entendu parler. Ils se jetteraient à mon cou, sans doute : ils s'emmerdent tellement.

Mais non merci. J'ai mon petit monde personnel et ça me suffit.

Le soir, je rentre avec le car, accompagné d'une quarantaine d'autres élèves, de la seconde à la terminale. On s'arrête dix fois et ça chahute pas mal. Le conducteur est un jeune type à peine sorti de l'adolescence qui met des CD de metal à fond.

À peine arrivé chez moi, je m'enferme dans ma chambre, boucle mes devoirs en une heure et allume la console.

Je suis sur deux jeux en même temps : une vieillerie de course SF bourrée de niveaux secrets et un hit japonais à univers persistant dont les personnages continuent à bouger une fois que vous avez éteint la machine, et souffrent, et appellent, et geignent faiblement dans leur sommeil. Ça me fascine. Quand je les regarde, les petites bestioles colorées font la fête et s'embrassent et sautillent. Il ne faut pas s'y tromper : dès que j'aurai le dos tourné, l'une d'elles ouvrira un tiroir, attrapera un pistolet automatique et s'enfoncera le canon dans la bouche.

À huit heures et demie, les infos se terminent à la télé et c'est l'heure de manger. Mon père entend dîner devant un bon film. Malheureusement, les bons films sont rares. En règle générale, nous demeurons prostrés devant un polar débile dont l'intrigue est éventée au bout de quatre minutes. Ça laisse du temps pour s'interroger sur les acteurs – à quoi ils pensent, pourquoi ils s'infligent ça, où ils sont vraiment pendant qu'ils jouent : qu'est-ce qu'on voit, en somme ?

J'expédie la vaisselle pendant que mon père regarde la fin puis je retourne dans ma chambre et je reprends ma manette. À dix heures et demie, je sors dire bonne nuit. Mon père me passe une main dans les cheveux comme à un gamin de dix ans ; on jurerait que je pars à la guerre. Je prétends que je vais me coucher. En vérité, la console bourdonne encore jusqu'à minuit, une heure du matin.

Voilà à quoi ressemble ma vie. Ça fait des années, et rien ne change, tout est figé dans un présent éternel qui s'étire, un piège mystérieux tapi dans les abysses. Mes résultats scolaires sont corrects. Je ne pense pas être heureux. Je ne crois pas être capable de définir le bonheur. Est-ce que c'est si important ?

Attraction

Il y a une fête foraine sur un terrain à la sortie de la ville. On l'aperçoit au loin quand on passe avec le car. Le parking est vide. Une grande roue tourne toute seule, des lumières clignotent, faibles dans la grisaille. J'imagine qu'il n'y a aucune queue au guichet, j'imagine que des musiques se répercutent ailleurs, sous le ventre des galaxies – je vois s'ouvrir de larges allées moroses et même le vent s'ennuie dans la poussière.

Je demande à notre chauffeur ce que c'est : une foire ? un parc itinérant ? Haussant les épaules, il sort un CD de sa pochette : *Attraction*, tu connais ? Je fais non de la tête. Il glisse le CD dans le lecteur ; à cet instant, mon téléphone sonne. Je vais me rasseoir. Allô ?

Je soliloque. Pour moi, pour les autres qui me regardent. Pour elle, à l'autre bout.

Ouais. Ouais, c'est cool. Non, je ne sais pas ce que c'est. Oui, moi aussi je me demande, mais on verra plus tard. Écoute, je *vais* y aller, d'accord ? Laisse-moi cinq minutes.

J'éteins.

De l'autre côté de l'allée, un type me dévisage.

Personne ne parlait, il dit.

Quoi ?

Ton téléphone. Personne ne parlait, tu causes tout seul.

Je souris.

Mes lèvres articulent quatre mots silencieux. Va. Te. Faire. Foutre.

Le type lève un pouce et se détourne. Je me sens mal. Je regarde mon téléphone. Numéro caché.

Esprit, robot

Le mercredi après-midi de la deuxième semaine, je revois le type sur son banc. Il ne m'était pas complètement sorti de l'esprit, j'y repensais de temps en temps, seulement, j'avais fini par me dire que je ne le reverrais jamais. Je ne rêvais pas, il est bien là. Toujours raide comme un piquet, toujours face à la houle, méditatif, l'expression même de la solitude.

L'avenue de l'Océan est aussi dépenaillée qu'à l'accoutumée. Parfois, une voiture passe dans un vrombissement assourdi. Plus loin sur la plage, des gamins jouent au frisbee. Leur disque capte un éclat de soleil et décrit une courbe parfaite ; j'essuie des larmes de froid au coin de mes paupières.

Je reviens de la poste où je suis allé chercher un colis, des livres de Shirow Masamune commandés il y a un mois à Tokyo et que j'ai fait directement envoyer à notre nouvelle adresse.

J'ai encore le paquet sous le bras, je suis pressé de l'ouvrir, je me hâte – et c'est le moment où je l'aperçois, à trente mètres.

Au fond de ma poche, ma main rencontre les quelques pièces qui me restent. Je traverse la rue pour rejoindre la boulangerie.

Le boulanger est un homme étrange, très maigre, avec une tête anguleuse et un air d'oiseau de proie. Je le verrais plutôt en pharmacien. Je me dis : il s'est trompé de vie, ou sa vie s'est trompée de lui.

Je lui prends un pain en tranches et je lui demande s'il sait qui est le type assis sur le banc. Quel type ? il me répond. Il y en a partout des jeunes qui traînent à ne rien faire. Vous habitez dans le coin ?

Je remercie et je repars avec mon pain.

Le type n'a pas quitté son banc. Je m'arrête à quelques centimètres.

— Salut, je dis.

Je montre le bout du banc.

— Je peux m'asseoir ?

Comme il ne répond pas, je m'installe.

J'essaie de jouer les gars détendus mais intérieurement je tressaille, et je ne comprends pas pourquoi.

Je commence à défaire mon paquet. Il y a trois fascicules noir et blanc et une facture détaillée. J'ouvre le premier fascicule, le feuillette. Rien à dire, c'est bien du Masamune. Des mechas, des gratte-ciel, des adolescentes au regard déterminé. Depuis *Ghost in the shell*, ce type est mon héros.

— Génial, je dis à voix haute.

Je soupèse les deux autres cahiers pour que le type les voie bien. Et je continue de parler. Ça sort tout seul.

— Ce que j'aime chez Masamune, c'est que personne ne sait qui c'est vraiment. Mangaka, c'est pas son vrai boulot. Il travaille à côté, dans la robotique ou dans l'informatique, enfin il

25

paraît et le soir, il dessine pour se faire plaisir. Il doit être riche à millions mais ses voisins ne le connaissent pas. C'est vraiment un drôle de système.

— Godzilla, fait le type sans bouger un cil.

— Quoi ?

— C'est mon nom, Godzilla. Tu dois connaître.

— Pas super-bien. J'ai vu quelques films, bien sûr, mais j'ai trouvé ça…

— Il n'y a rien d'autre.

Je referme mes fascicules.

— Vous êtes un si grand fan ?

Le type marque une pause. Sa voix me parvient étouffée :

— Ce n'est pas précisément le terme.

— Ah bon.

— Alors, il dit. Raconte.

Je suis surpris :

— Qu'est-ce que vous voulez que je raconte ?

— Ce que tu connais de moi.

— De Godzilla ?

Je me gratte la nuque en lorgnant l'océan.

— Eh bien, les premiers films ont été réalisés par Ishiro Honda.

— *Le* premier film. Pas le deuxième.

— OK.

— Le deuxième, dont la dénomination japonaise est *Gojira no Gyakushu*, ce qui pourrait approximativement se traduire par « la contre-attaque de Godzilla », a été réalisé en 1955 par Motoyoshi Honda avant de sortir aux États-Unis dans une version absurdement remaniée et tronquée, sous le titre *Gigantis the fire monster*. Les rôles principaux étaient tenus par Hiroshi Koizumi, Minoru Chiaki et Setsuko Wakayama.

— Ouah. J'ai dû lire tout ça il y a…

— C'est loin d'être le meilleur ; toutefois, il a ses bons passages. Le combat qui oppose Godzilla à Angilas vaut le détour.

— Je n'y connais pas grand-chose.

— Des monstres, poursuit le type. Des films de monstres qui nous rappellent ce qu'est la Terre où nous vivons. Les hommes engendrent les monstres, les monstres se retournent contre les hommes, et ce sont eux qui meurent à la fin.

Je grimace un sourire.

— Pourquoi vous avez ce sachet sur votre tête ?

— …

— Je suis désolé. Je ne voulais pas me montrer indiscret.

— …

Je me relève. Lui tends le premier volume de Masamune.

— Tenez. Je peux vous prêter ça si vous voulez.

Je reste avec mon fascicule pendant presque une minute.

— Vous êtes sûr que vous n'en voulez pas ?

Il prend le manga. Il le garde en main pendant quelques instants, puis le tourne et le retourne comme un échantillon radioactif. Enfin, sans plus de commentaire, il le jette par-dessus le muret, sur la plage.

— Hé, je crie, ça va pas ! ?

Je me précipite. Mon manga gît ouvert sur le sable, côté pages. Je ne vois que lui. Dévalant les escaliers avec le reste de mon paquet et mon pain en tranches, je ramasse le précieux opuscule. Puis je relève la tête.

— Il faut vous faire soigner !

Je lui tourne le dos et m'éloigne sur la plage en direction des joueurs de frisbee.

J'aimerais être furieux.

Je ne veux pas me retourner. Je sais déjà ce que je verrai si je le fais.

Un homme ailleurs, face au néant démonté, avec un sachet en papier à la place de la tête.

Faire de son mieux

Le soir même, au lieu d'allumer la console, je demande à mon père si je peux utiliser son ordinateur. Étant donné qu'il regarde son film, il n'y voit pas d'objection. Il me demande quand même ce que je veux faire. Je lui dis que c'est pour l'école.

J'entre dans son bureau. Des papiers sont dispersés à terre, des factures, des avis d'imposition. Dans le temps, c'était ma mère qui s'occupait de tout ça. Je mets l'ordinateur en marche. J'ai des recherches à faire, je dis. À qui je parle ?

Moteur de recherche. « Godzilla ».

Des sites par centaines. La plupart sont américains mais les officiels sont japonais. Grosso modo, ils sont tous construits sur le même modèle. Je surfe pendant quelques minutes sans rien trouver de particulièrement exaltant. Une petite intro, des digests de films incomplets, des photos de figurines.

« *Tu travailles bien mon chéri ?* » Voilà ce que pourrait demander ma mère si elle était là. Elle est là d'ailleurs. Oui, oui. Je dirais que je bosse sur l'histoire japonaise. Elle m'adresserait un sourire incrédule. Elle se dirait : qui est cet enfant ? Elle finirait par quitter la pièce. Ne te couche pas trop tard, elle soufflerait en refermant.

L'arborescence Godzilla est une vraie jungle. Je ne sais pas ce que je fous là. Je reviens au départ puis je me balade quelque temps sur des sites porno. Pas vraiment passionnant non plus.

Peut-être que je grandis. Peut-être que je suis en train de grandir d'un coup.

J'ai l'impression d'attendre. Je déraille. Je déraille. J'efface l'historique de mes visites, j'éteins l'ordinateur et je vais me coucher.

Éléments additionnels

J'essaye d'en apprendre plus sur le dénommé Godzilla. Certains types de ma classe semblent l'avoir déjà vu, une fille hoche la tête à son évocation, mais personne n'est en mesure de fournir de détails concrets.

Mes informations se résument à une courte liste :

Godzilla est arrivé en même temps que moi (possible).

Godzilla n'est pas « populaire » *(I'm the party star / I'm popular / I've got my own car / I'm popular / I'll never get caught / I'm popular, etc.)*

Godzilla est transparent, amorphe, foncièrement inoffensif, du moins n'a-t-il jamais fait de mal à personne, enfin, ça dépend ce qu'on appelle faire du mal, disons que les preuves sont minces, que la présomption d'innocence est préservée.

Godzilla est jeune (supposition).

Godzilla est cinglé.

Godzilla est riche (supputation).

Godzilla ne parle pas, ne bouge pas.

Godzilla possède une villa sur la colline face à la mer (mon fantasme).

Godzilla vit seul : une <u>certitude</u>.

Je sais que je n'apprendrai rien de plus, pas ici, pas de cette façon. Ce soir-là en descendant du car, je devrai tenter ma chance. Encore.

Jeudi

Les deux types de ma classe qui sont descendus en même temps que moi et qui m'ont proposé de venir réviser chez l'un d'eux pour le devoir de maths du lendemain en sont pour leurs frais. Désolé, je dis. J'ai une course à faire.

Ils me regardent comme si j'arrivais directement de Mars. Bon, ben à demain – et je les plante là, traversant l'avenue.

Je m'assieds sur le banc et pose mon sac à mes pieds.

— Je m'appelle Daniel.

Nada.

— Je suis désolé pour hier. J'ai été chiant avec mes questions. J'aime pas trop qu'on traite mes mangas comme ça, vous comprenez ? Je les ai fait venir du Japon, ça coûte un paquet de fric ces machins.

Silence.

— J'ai été voir les sites Godzilla. Il en existe une multitude. Je ne pensais pas que ça passionnait autant les gens.

— Qu'en as-tu conclu ?

Je sursaute en entendant sa voix. Je passe ma langue sur mes lèvres.

— Que… Qu'il doit y avoir là-dedans quelque chose qu'on ne voit pas au premier abord.

— Quelle pertinence.

Sur mon visage, l'haleine salée du large ; je me mets, moi aussi, à fixer l'océan.

— J'ai envie de vous connaître, je dis.

— Je comprends.

— J'ai l'impression que vous le faites exprès. Ce sachet sur votre tête, votre immobilité, cette façon que vous avez de ne pas répondre aux questions.

— Tu es la première personne à m'en poser.

— C'est parce que les gens sont débiles.

— Ce n'est pas aussi simple.

J'ouvre mon sac, en sors une barre chocolatée.

— Vous en voulez ?

— Non merci.

— Vous ne mangez jamais ?

— Non.

— Pourquoi ?

— Pas faim.

Je l'observe de la tête aux pieds. Jusqu'à présent, j'avais surtout regardé la tête – enfin, ce qui en faisait office. Maintenant que je le détaille, je me rends compte à quel point il est maigre, lui aussi. Presque squelettique.

Il porte un jean serré noir et une chemise à col serré plus noire encore. Il ne frissonne pas, malgré les bourrasques. Ses mains sont des mains de pianiste : délicates et nerveuses. Les veines ressortent en un fragile réseau bleu nuit.

— Vous habitez seul ?

Il ne daigne pas répondre. Pourtant, j'ai l'impression que la donne a changé par rapport à hier. Il n'est plus en colère.

— Faut me dire s'il y a des sujets tabous.

— Les questions, tu devrais te les poser à toi-même.

— Hein ?

— Mon régime alimentaire. Où j'habite. Tu demandes ça pour parler, pour établir un contact et c'est fort aimable de ta part. Mais où crois-tu que ça te mènera ?

Je ne saisis pas très bien où il veut en venir.

— Pourquoi tu ne me questionnes pas sur ce qui t'intéresse vraiment ?

— Parce que je l'ai déjà fait ? Je vous ai demandé pourquoi vous gardiez ce sachet sur votre tête.

— Ce n'est pas ça que tu veux savoir.

— Non ?

— Non : ce qui t'intéresse, c'est à quoi je ressemble.

— C'est sans doute vrai.

— C'est certain. Et je t'ai déjà répondu. Je suis Godzilla. Je suis un monstre. Je fais peur aux gens, c'est mon job.

— Vous ne me faites pas peur.

— Tu n'es pas les gens.

Je mords dans ma barre chocolatée.

— OK, je dis, j'ai compris. Racontez-moi. J'ai envie de savoir pourquoi vous faites peur.

— Oh, oh.

— Je ne plaisante pas.

— Ça risque de te mener assez loin, Daniel.

Je frémis en l'entendant prononcer mon prénom. J'engloutis le reste de ma barre et je froisse le papier.

— Comment ça ?

— Les histoires de monstres, ça fait rire tout le monde au cinéma. Mais dans les faits, ça n'a rien de drôle. La vie de Godzilla n'a rien de drôle. Si les gens pensaient à ce que ça signifie vraiment une vie pareille, ils se retrouveraient vite confrontés à leurs angoisses les plus secrètes, leurs doutes, leurs échecs par millions. Le monde dans lequel ils vivent, ils le verraient tel qu'il est. Personne n'aime ça.

— Je...

— Il existe une règle, souffle-t-il. Une règle unique. Tu ne parles pas, tu ne poses pas de questions. Tu es au cinéma : discrétion dans les rangs.

— Entendu.

— Tout ce que tu dois savoir est dans le film. N'essaie pas d'apprendre des secrets sur moi, ce que les gens disent – ne leur demande pas ce qu'ils savent : je suis le narrateur premier.

— Je...

— Ça ne se discute pas. Si ça ne te plaît pas, le film s'arrête là.

— Compris.

— Bien.

Il retombe dans son mutisme. Je vois sa main gauche trembler. Ou bien je l'imagine, ça aussi ?

Pour aujourd'hui, l'entretien est terminé.

— Je suis trop fatigué, dit Godzilla.

Je remballe mes petites affaires.

— Demain même heure ?

Un rêve

Je suis à Tokyo.

J'habite un immeuble isolé, en périphérie, face à un parc, une pelouse, un toboggan, un manège. Il y a des jouets cassés éparpillés dans l'herbe. Il y a des traces de brûlure sur le gazon. Je me retourne. Notre immeuble fait cent étages, plus peut-être.

Je dis « notre » mais je ne sais pas qui est « nous ». Je n'ai pas de famille. Mon père est au travail, très loin ; ma mère a disparu. Je suis venu seul ici, ou alors avec des fantômes, des gens qui passent, qui ne font que passer, qui portent des plats de nouilles sautées, des caisses d'ordinateurs en pièces détachées.

Il y a quelqu'un sous notre immeuble. Il y a quelqu'un à l'intérieur de notre immeuble. Au sommet, juste au-dessus de mon balcon, palpite un gigantesque œil verdâtre.

Godzilla : caché, derrière, à l'intérieur, en surimpression.

En attente.

Bientôt je le sais, des monstres vont arriver. Ils auront trois têtes, ils seront métalliques, ils viendront de l'espace, ce seront des insectes, des oiseaux difformes, des êtres sortis de la mer. Ils seront là pour se battre.

Les gens s'enfuiront, courront se réfugier dans des abris atomiques mais ils trouveront des portes fermées, ils perdront leurs clés dans des bouches d'égout. Ils agiteront des pistolets déchargés, il y aura des lance-roquettes usés, des batteries de mitrailleuses sans munition, des chars immobiles. Ils crieront, ils étreindront des enfants, ils se serreront les uns contre les autres et ce sera trop tard.

Sur les façades du centre-ville, des enseignes clignoteront, figurant des scores de jeux vidéo, des chiffres frénétiques, des comptes à rebours. On entendra des rugissements. La terre se mettra à vibrer. Les océans se soulèveront. Des éclairs tailladeront l'azur, une vague se soulèvera au-dessus de Tokyo, six cents mètres au bas mot.

C'est ce que je pense, c'est ce que je pressens.

Mais je sais aussi que tout ceci n'arrivera que si je le veux bien. Je sais que je peux vaporiser les ennemis d'un claquement de doigts. Je sais que Godzilla peut n'être qu'un gros lézard inoffensif, qu'un monstre absurde et pacifique.

Le ciel est orange. Le ciel est violet. Les avions filent sous les cirrus.

Je me précipite dans le hall d'entrée. L'ascenseur est en panne. Je prends l'escalier. Je monte les marches quatre à quatre. Au troisième étage, je suis déjà essoufflé. Je continue pourtant. Mes poumons sont en feu. Je crache des flammes. Des voisins m'observent, étonnés.

Je vole presque.

J'ai des pouvoirs. Je fais ce que je veux.

Je souffre mais ça en vaut la peine : je me sens puissant : invincible.

Je comprends soudain (une pensée qui me semblera aberrante au réveil, et dont je peinerai en vain à retrouver le sens profond) que pour devenir le plus fort, pour faire peur aux gens, pour que les gens vous respectent & vous craignent & vous vénèrent & vous fuient, il faut avoir supplié, être parti sur des chemins brûlants – être revenu.

J'arrive au centième étage.

Je défonce la porte. Je n'ai pas de père ; ma mère n'est plus là.

Je rentre dans ma chambre. Tout est dévasté comme après une tempête.

Je m'assieds sur mon lit. J'attends que le monde s'écroule. Je regarde ma montre. « *Père, ne vois-tu pas que je brûle ?* » Comprenez cela : le rêve est construit pour éviter de s'achever mais, à l'intérieur, ce que le rêveur rencontre est si réel qu'il se réveille quand même. Ma montre sonne et son bip-bip horripilant se confond avec celui de mon réveil digital, qui me sort du sommeil pour de bon.

L'heure de la séance

Le vendredi, personne. Le samedi, personne. Personne, personne, personne. Le dimanche idem.

Godzilla se fout de ma gueule. Je perds mon temps à le guetter, assis sur son propre banc ou plus loin, à la terrasse du seul café de la ville. Je commande des citronnades trop amères. Le cafetier me jette des regards soupçonneux. Du plat de la main, je disperse ma monnaie.

Qu'est-ce que ça veut dire, cette histoire de film ? Est-ce que je n'ai rien de mieux à foutre de ma vie que d'écouter celle des autres ?

Le dimanche soir, j'arpente la route le long de la mer. Des vagues montent à l'assaut du parapet, des voitures passent en m'éclaboussant, le soleil est un souvenir, les vitres sont teintées, les nuages boivent la nuit, se roulent dans une fange froide et neigeuse. Je marche, je marche, je suis le symptôme de l'errance, je suis la réponse aux questions qui ne se posent pas.

Je relève la tête.

La foire. Le parking vide, les flaques de mercure, le vent glacé. Mon regard déborde de pluie.

Au-dessus de l'allée centrale, une pancarte est suspendue :

Laissez tout derrière

Personne. Je me retourne, regarde mes traces de pas dans la boue.

Je remonte le col de mon manteau, enfouis les mains dans mes poches. Galerie des glaces. Autos tamponneuses. Personne, personne et cependant, les lumières sont allumées et la musique s'élève, un morceau horrible, d'un mauvais goût parfait – un truc des années sombres.

Quelques pas. Train fantôme, guichet fermé, un avis scotché :

Je reviens

La musique s'arrête. Mon téléphone sonne, je ne regarde même pas l'écran. Allô ?

Daniel ?

Je suis tellement surpris que j'ai du mal à articuler. Pa... Papa ?

C'est demain, Daniel.

Je ferme les yeux.

C'est demain, répète mon père.

Je sais.

Je monte sur l'estrade, inspecte la devanture du train fantôme ; un zombie me tend les bras.

Où es-tu ? demande mon père.

Je ne sais pas trop. Je vais – je vais rentrer.

C'est demain, répète mon père.

Je ne dis rien. Je l'écoute sangloter. Que répondre ? Je n'ai pas de formule magique, ce qui est arrivé est gravé dans nos mémoires au fer rouge, quelques secondes, une jambe au-dessus d'un balcon, un regard blanc, même plus triste, une main qui glisse et –

Tokyo.

Mon père renifle. Excuse-moi, il dit.

Je redescends, m'arrête devant une tourelle gothique bariolée d'un slogan rouge sang.

Excuse-moi, pleurniche mon père. Ça ne sert à rien.

Je souris.

Je vais rentrer, je répète. On va regarder un film.

Oui.

Je raccroche. Du tréfonds du train fantôme, des gémissements s'échappent, modulations douces, chœurs enfouis comme des appels. On va regarder un film, ouais.

Jusque tard

Le lundi soir, je le revois enfin.

Il a réintégré son poste. Je ne vais pas poser de questions : son absence, tout ça, il devait avoir ses raisons. Il tient un ordinateur portable ouvert sur les genoux.

— Salut, je dis.

Il déplace le curseur de sa souris tactile. Je vois un plan, une sorte de plan, en une seconde il quitte l'application.

— Tu as du temps devant toi ?

— Mm.

— Il faut du temps.

— J'ai jusqu'à sept heures.

— Ridicule.

Il referme son ordinateur. Je ne comprends pas très bien ce qui se passe.

— Écoute, je commence, je ne peux pas faire mieux, je t'ai cherché tout le week-end et –

— Peux-tu venir la nuit ?

— Quoi ?

— La nuit. Jusque tard.

Je réfléchis. Mon père se couche vers onze heures mais ma chambre est plus proche de l'entrée que la sienne, je n'ai pas besoin de passer devant et les clés sont suspendues au crochet, alors...

— La nuit. Bon. À minuit ?

— À minuit.

Extrait d'un site

Godzilla est le monstre par excellence. Godzilla est l'épine sanglante dans le pied du vingtième siècle. Il nous rappelle que les dinosaures sont morts mais qu'ils ont bel et bien existé et qu'ils pourraient réapparaître un jour. Il nous rappelle que la bombe atomique a explosé, et de quelle façon, et ce qu'elle a fait, mais ne nous dit pas pourquoi. Il nous rappelle que nous jugeons sans savoir, que nous savons sans juger, que nos propres enfants ont faim et que c'est nous, un beau jour, qu'ils viendront dévorer.

Godzilla n'est pas King Kong. Personne ne tombe amoureux. Personne n'organise de spectacle officiel.

Au gré des films, le monstre revient, se multiplie, se pare de métal – le monstre a un fils, ses ennemis deviennent ses amis, ses ennemis demeurent ses ennemis, il existe une explication scientifique à sa naissance, il existe une explication qui n'en est pas une, il n'existe pas d'explication du tout.

On le dit ringard, dépassé, ridicule. On prétend qu'on voit les fils, que les maquettes sont mal ajustées, que des pieds dépassent des costumes.

C'est vrai. Mais curieusement, ça ne change rien. L'effroi est bien là. Une chose hideuse piétine des maisons en carton-pâte et les gens hurlent, les gens aiment hurler, les gens aiment qu'on leur rappelle qu'il y a plus fort qu'eux.

Godzilla est Jésus. Godzilla est mort pour nos péchés. La logique de son comportement destructeur ne se révèle qu'*a posteriori*. Nous payons nos erreurs. Nous tuons ce que nous avons engendré.

Sortir, s'échapper

À onze heures précises je me poste à ma fenêtre. Derrière moi, la console ronronne. Nouveau jeu, pulsions guerrières en stand-by. Un soldat en armure muni d'une épée plus grande que lui attend l'heure du combat en effectuant des moulinets rapides.

V. est lugubre. Aucune voiture ne passe, le petit square est noyé de brume, reflets d'argent sur le toboggan chromé. Je repense à mon rêve. Les buissons frémissent.

Je retourne sur mon lit. Le désordre règne en maître. Il y a un livre de maths, un roman de Murakami Ryu, un carnet de liaison en partie falsifié, des feuilles A4 disséminées. J'ai enfin trouvé un site valable sur Godzilla, un site doté d'une chronologie solide et d'une liste de monstres exhaustive qui présente aussi les affiches originales, un comparatif japonais/américain, des analyses de contenu, un billet d'humeur sur l'adaptation hollywoodienne et des biographies de réalisateurs. Tout ça commence à m'intéresser pour de bon.

J'essaie de classer mes papiers. Je feuillette mon agenda pour les semaines à venir. Je suis en retard sur tout.

L'impact de Godzilla sur la culture américaine. Certes, le film de Roland Emmerich n'a pas été un succès colossal au regard des sommes investies, mais il a tout de même engrangé cent cinquante millions de dollars là-bas, et si les producteurs de l'époque avaient eu la bonne idée de le confier à un vrai réalisateur, sans doute aurait-il pu en rapporter beaucoup plus.

Qu'est-ce qui peut réunir deux pays aussi dissemblables que le Japon et les États-Unis ? Le fait que l'un ait reçu deux bombes sur la gueule et que l'autre les ait envoyées ? C'est peut-être ça, Godzilla. Et si les Américains s'obstinent bêtement à tronçonner, remanier, détourner les films japonais qui arrivent chez eux jusqu'à leur ôter toute signification, c'est peut-être qu'ils ont peur (voilà ce à quoi je réfléchis en regardant tressaillir les marronniers du square).

Le contrôle de maths de demain s'annonce comme une catastrophe d'une ampleur inédite. Trop tard, je m'en vais.

J'ai passé mon gros manteau fourré, celui des nuits froides et de la grisaille, mes poches sont remplies de nougats au sésame achetés à emporter au restaurant chinois et je tripote une paire de lunettes de soleil fêlées. Je me sens gamin, adulte, apaisé, en colère. Je me sens prêt pour l'aventure.

Gojira

Nous sommes assis sur le banc.

Ou plutôt : je suis assis, et Godzilla est juché sur le rebord. Son ordinateur portable est posé entre ses pieds, un peu en biais de façon à ce que je puisse voir sans trop me tordre le cou. Le film que nous regardons en copie japonaise sous-titrée s'intitule *Gojira* : sorti au Japon en 1954, il a été repris aux États-Unis en 56 sous le titre *Godzilla, roi des monstres*. Il dure 98 minutes. C'est un film noir et blanc très simple. Godzilla détruit tout sur son passage. Il n'y a pas à discuter. L'impression générale est celle d'une panique intense et confuse.

Il pleut au-dessus de nos têtes. Le grondement de l'océan qui déferle couvre la majeure partie de l'action. L'eau ruisselle sur l'écran.

Je suis hypnotisé.

Godzilla murmure quelque chose en voix off.

Il parle de panique nucléaire. Il parle d'enfantement. Les bébés vivent dans l'eau ; ils ne devraient jamais en sortir. On les arrache à la mer nourricière pour les confier à une mère qui ne sait qu'en faire. Le bruit des vagues leur manque. Le bruit des vagues, répète Godzilla. C'est pour ça que je suis ici.

Il est minuit cinquante et nous sommes seuls dans la ville. Le ciel est nuageux, la lune passe comme une voleuse, jette un éclat trouble sur la mer.

Le film continue.

Godzilla baisse la tête vers l'écran.

Il dit que la mutation de l'adolescence est le fruit d'une explosion nucléaire à retardement : une réaction en chaîne, déclenchée par la simple obtention d'une masse critique. Pour contrôler le moment de l'explosion, la matière fissile est séparée en deux : le père et la mère. Devinez qui est le détonateur.

16 juillet 1945, base aérienne d'Alamogordo. La première bombe atomique est vivante. Confidence de Kenneth Bainbridge, responsable des essais, à l'oreille de Robert Oppenheimer : « *Now we are all sons of bitches.* »

Déflagration.

Une porte qui claque. Un cadre qui se décroche et se brise.

Le lézard est sorti des eaux pour rappeler aux hommes le crime qu'ils ont commis. Le film commence par deux flashs de lumière intense : Hiroshima. Nagasaki. La puissance dont sont dépositaires un homme et une femme est à la fois la chose la plus belle du monde et la plus potentiellement destructrice.

L'amour ? je demande.

Oui, répond Godzilla. Une source inépuisable. Une arme. Et quand la déflagration arrive, il est trop tard. C'est là que naissent les créatures, souffle-t-il en guise de conclusion. À ce moment précis, boum. Le monstre émerge de la mer. Une explosion blanche, les spectateurs deviennent aveugles. Répète après moi :

Je ne suis plus un enfant.

Je suis –

Ma vraie demeure

Tu connais l'endroit, souffle Godzilla en refermant l'ordinateur.

L'endroit ?

Il montre une forme, là-bas au bord de la falaise – perdue dans les brumes.

La villa. Là où tout s'arrête.

Je secoue la tête. Je ne comprends pas.

C'est normal, fait Godzilla en se levant. C'est la logique des métamorphoses, c'est très compliqué. Bientôt quand même, il va falloir que nous allions plus loin. Nous ne pouvons pas nous contenter de regarder des films.

Non ?

Non. Tu es là dans deux jours ?

Je souris. Je ne bouge pas beaucoup, vous savez.

Il s'avance sur le trottoir, son ordinateur sous le bras. Je lui emboîte le pas.

C'est quoi, le plan ?

Il pointe un doigt vers le bout de la route. La foire, picotements lumineux, les fanions qui claquent, la grande roue qui découpe le brouillard en rayons. Ça se passe là-bas, il dit. Nous irons. Quand tu seras prêt.

Les jours qui passent

Mon père travaille dur à l'aquarium. Il rentre de plus en plus tard et je suis obligé de l'attendre pour manger, quelquefois jusqu'à dix heures.

Je ne touche plus ma console. Je passe le plus clair de mon temps dans son bureau à surfer sur le web. Je commence à connaître par cœur la plupart des bons sites : on en dénombre une quinzaine. Je me suis composé un dossier spécial pour stocker leurs adresses et je l'ai baptisé *Histoire 39-45*, ne me demandez pas pourquoi.

Petit à petit, je deviens un véritable spécialiste de Godzilla. Je découvre des films dont je n'avais jamais entendu parler. *Godzilla contre King Kong*, où les deux monstres se retrouvent à Tokyo pour en découdre. *La Guerre des monstres* : des extraterrestres de la planète X proposent d'emmener Godzilla et Rodan chez eux en échange d'un remède miracle contre les maladies terriennes. Les titres sont drôles. Les films sont fous, innombrables, géniaux, ridicules.

De l'avis général, *La Revanche de Godzilla*, qui met en scène un petit garçon malmené par une brute locale et Minya lui-même, le fils de Godzilla,

est le pire de la série. J'éprouve une grande ten-
dresse à son égard.

Un soir sur trois ou quatre, je sors. Avec
Godzilla, nous sommes parvenus à un accord
tacite. Quand je lui dis « à demain » et qu'il ne
répond pas, je sais qu'il est inutile de revenir la
nuit suivante. Un genre de sixième sens commence à rythmer mes soirées.

Nous regardons tous les films dans leur version japonaise sous-titrée. Lorsque le générique
de fin défile, le maître de cérémonie éteint l'ordinateur, le referme et se pétrifie littéralement
dans le suaire de la nuit.

Nous regardons la mer, l'océan parfois calme,
parfois ridé de colère. Le ciel change de couleur.
Moi qui l'avais toujours pensé noir.

Certaines nuits, Godzilla m'emmène voir la
roue. Nous marchons vers la foire, il me pose des
questions, sur moi, sur ma vie et chaque fois,
nous nous rapprochons.

Mais de quoi ?

Une commande

Un soir, sur un site d'enchères du web, je
trouve à vendre un costume de Godzilla. La mise
à prix est ridiculement basse. Je m'inscris, désin-
volte. Les paris durent sept jours. Je renchéris à
deux reprises jusqu'à atteindre la somme totale
de mes économies. Le type en face, un dénommé
Mike d'Orlando, ne me lâche pas d'une semelle.
In extremis, il emporte le morceau. Je lui envoie

un mail. Je le supplie de me céder la panoplie.
Il se marre. Nous sympathisons. Son refus est
définitif. Il me dit : le costume est à moi. Délai
de livraison, deux semaines. Dans deux semaines, je me prends en photo et je t'envoie ça en
pièce jointe. Comme ça, tu vivras la transforma-
tion par correspondance. Tu me diras quoi faire.

Nous parlons sur MSN. Mike a installé une
webcam. Il fait le malin. Il construit des maquettes de buildings en carton qu'il écrase avec son
poing. Je m'entraîne, explique-t-il.

En fin de semaine, il est plus mélancolique. Il
se plaint. J'aurais dû te laisser le costume. De
quoi je vais avoir l'air ? Je ne sais pas pourquoi
je l'ai commandé.

Avant

Il y a longtemps, nous vivions au Japon.

Nous nous arrêtons face à l'océan. Il est une
heure du matin et le vent emporte tout, des
lames moutonnantes s'écrasent contre le parapet, jaillissent en explosions d'écume, le ciel est
saigné à blanc, les étoiles s'éteignent, soufflées
par la nuit haletante.

Je sais, dit Godzilla.

Mon père travaillait à l'aquarium de Tokyo.
Nous habitions un appartement dans le centre.
Je ne me souviens plus des noms. Ce dont je me
souviens, c'est que mes parents s'engueulaient
tout le temps.

Je passe une main dans mes cheveux mouillés. Dans ma poche, mon portable s'énerve.

Tu ne réponds pas ? demande Godzilla.

Je sors le téléphone : appel masqué. Je ne sais même pas comment il a réussi à entendre la sonnerie.

Allô ?

Sifflements dans le haut-parleur.

Allô ?

Passe-la-moi, dit Godzilla en tendant la main.

J'hésite. Lui tends le portable.

Il le colle à son oreille. Hoche la tête.

Oui, il fait. Oui, bien sûr. Non, ne te bile pas. Il faut en passer par là. Sûr. Personne n'est jamais prêt. Est-ce que tu étais prête, toi ? Hum. Moi aussi. Moi aussi, je t'aime. Je t'embrasse.

Il éteint, me rend le téléphone.

Ouah, je dis, vous faites presque aussi bien semblant que moi.

Je ne fais pas semblant. Ni toi non plus. Peut-être que tu le crois, mais ce n'est tout simplement pas vrai.

Je souris.

À qui vous parliez ?

Tu le sais très bien. Tu n'es plus un enfant.

Rapport 1ᵉʳ trimestre

L'élève Daniel H. étant arrivé en fin de trimestre, il est difficile d'évaluer la progression de son travail sur la longueur. On notera toutefois des capacités certaines en anglais, histoire-géographie, des lacunes importantes en mathématiques et physique-chimie, une absence regrettable de travail en espagnol et une attitude passive dans la plupart des cours. La moyenne générale avec coefficients appliqués de l'élève Daniel H. s'élève à 10,6, ce qui le place en 19e position sur 32. On se trouve ici dans le cas typique d'un élément à fort potentiel mais qu'un faible rendement et un manque chronique de travail à la maison empêchent d'atteindre une place plus conforme à ses aptitudes.

Le professeur d'histoire dépeint un élève secret, renfermé, doté d'une intelligence analytique profonde et d'une imagination débordante. Le professeur d'anglais parle de facilités. Les autres enseignants sont plus mitigés. On regrette le manque, pour ne pas dire l'absence de participation en classe. Le professeur de mathématiques évoque un adolescent « rêveur et inattentif ».

L'intégration de Daniel H. au sein de la classe s'est effectuée sans heurts mais les relations nouées avec les autres élèves sont superficielles.

À noter : l'élève manifeste un intérêt très prononcé pour le Japon ; le professeur d'histoire a eu la surprise de l'entendre égrener de mémoire une cinquantaine de dates clés de la guerre du Pacifique alors que cette dernière ne représente qu'une part anecdotique du programme.

Un avertissement résultats est sans objet, de même qu'un avertissement discipline. Un avertissement travail a été envisagé mais, de l'avis général, ne pousserait pas l'élève Daniel H. à se remettre en question.

Félicitations ou encouragements sont exclus.

Tessons

Ils se disputaient sans cesse et moi, je tombais à genoux, je les suppliais d'arrêter et, de temps en temps, ils se souvenaient de ma présence, et ma mère se baissait et me serrait contre elle avant de se relever et de m'emmener dans sa chambre.

Elle refermait la porte. Elle disait : je suis désolée. Elle embrassait mon visage, enfouissait sa figure en larmes dans le creux de mon épaule, reniflait, me serrait trop fort.

Je lui disais : maman, tu me fais mal.

Elle s'excusait.

Attends, reste là, promets-moi qu'il ne t'arrivera rien, tu n'as pas besoin de moi – elle riait, le cliquetis de ses bracelets résonne encore – ton père, elle disait : ton père est le plus beau salaud que cette terre ait jamais porté, et elle sortait en claquant la porte, et les éclats de voix jaillissaient comme des tessons de bouteille, et je tombais à genoux, encore et encore, les mains plaquées sur les oreilles, et ma mère tapait mon père, et je me mettais à gémir.

Deux séries, cinq époques

Il existe deux séries Godzilla. La première, dite *Showa*, inclut tous les films depuis le *Godzilla* initial de 1954 jusque *La Terreur de MechaGodzilla*.

La seconde, la série *Heisei*, commence avec *Godzilla contre Biollante* et n'est pas encore terminée. Le problème, et on le retrouve au sein des deux séries, est que des changements importants ont été apportés en cours de route : Godzilla passe successivement du rôle de destructeur à celui de sauveur de l'humanité. Ses origines mêmes sont remises en question. Est-il le croisement d'un stégosaure et d'un tyrannosaure, congelé durant des millions d'années et réveillé par une explosion atomique ? Est-il le dernier survivant d'une race ancienne, issue d'un âge volcanique depuis longtemps oublié ? Est-il un godzillasaurus victime de sévères mutations et bien décidé à punir le monde ?

On découvre qu'il existe en réalité cinq chronologies différentes. La première s'articule autour des quatre premiers films de la série *Showa*, bien plus sérieux que leurs successeurs : ce sont *Godzilla, roi des monstres*, *Gigantis le monstre de feu*, *King Kong contre Godzilla* et *Godzilla contre la Chose*. Au terme de l'aventure, Godzilla est supposé mort, tué par des larves de Mothra. Une deuxième chronologie commence alors : les films qui la composent, à commencer par *Ghidorah le monstre à trois têtes*, sont manifestement destinés à un public plus jeune. La troisième chronologie, qui exclut *La Revanche de Godzilla*, est constituée de films indépendants se suffisant à eux-mêmes. La quatrième débute avec le premier *Godzilla*, celui de 1954, et enchaîne sur *Godzilla 1985*. La cinquième contient tous les films qui ne trouvent pas leur place ailleurs.

Un tel classement, aussi complexe soit-il, impose de recourir à des astuces et à des remaniements artificiels : la première chronologie, par exemple, doit inclure *Mothra*, qui n'appartient à aucune série et n'est pas considéré comme un film Godzilla, pour justifier la présence de « la Chose » dans *Godzilla contre la Chose*.

Ce qui prédomine de façon évidente, et c'est Godzilla lui-même qui me le répète, c'est le chaos.

Le chaos.

Peut-on faire de son existence une histoire ? Peut-on donner un sens à sa vie en expliquant que tel événement est la conséquence de tel autre – je suis dépressif parce que ma mère est morte, je suis avec telle fille parce que, dans mon enfance, j'ai croisé telle autre fille, ou voilà pourquoi j'ai choisi tel travail, c'est ce documentaire que j'ai vu quand j'avais onze ans ? Godzilla pense que non.

Il me dit : si toi tu y arrives, fais-le.

Mais, fondamentalement, nos vies sont le produit du hasard, et ma naissance en est l'illustration parfaite : si les essais nucléaires avaient eu lieu ailleurs, si mon père et ma mère ne s'étaient jamais rencontrés (et il s'en est sans doute fallu de peu) le monstre ne serait jamais né, le monstre ne serait jamais mort et tu parlerais à quelqu'un d'autre, ou bien à personne.

Chasse ouverte

Sur la route, encore. La fête foraine grandit. Tu as vu juste, dit Godzilla, c'est un vieux parc itinérant, un des plus anciens qui existent. Les attractions ne changent jamais.

Et il n'y a personne, je murmure.

Godzilla s'arrête. C'est ce que tu crois ?

C'est ce que je vois.

Il ricane.

Quoi ?

Nous repartons.

« C'est ce que je vois », il répète. C'est absurde. Tu n'as rien vu.

Oui, eh bien...

Il y avait quelqu'un, quand tu y es allé : toi.

Je ne parle plus. La lune apparaît entre deux nuages. La brume lui grignote le visage et elle se laisse faire, pâle de douleur. Des taches spectrales dansent sur l'océan.

Le parc existe depuis la nuit des temps, dit Godzilla. Il faut toujours un parc d'attractions, même s'il n'y a pas grand monde. Les gens ont besoin de savoir qu'ils peuvent y aller. Ils ne sont pas obligés de monter dans les manèges. Ils ne sont pas obligés de tirer au fusil ou de manger des pommes d'amour ou de se payer des vertiges délirants. Ils ont besoin de savoir qu'un autre monde existe, qu'ils connaissent intimement, qu'ils pourront rejoindre un jour.

Il renifle. Il a mal partout.

Maintenant, il ajoute, et de plus en plus, la douleur parcourt mon corps comme une meute de chiens affamés.

Qui est la proie ?

Je ne savais pas

Le nom Godzilla (*Gojira* en japonais) a été trouvé par Eiji Tsuburaya. « À cette époque, il y avait un type assez costaud qui travaillait pour Toho. Son surnom était Gojira. Nous avons repris ça pour notre monstre. » Gojira est un mélange de *gorilla* et *kujira* – « baleine » en japonais, ce qui renvoie à l'origine mi-terrestre, mi-maritime de la bête. Le rugissement de Godzilla est l'œuvre d'Akira Ifukube, qui a composé plusieurs musiques pour les films. Il a été obtenu en frottant un gant contre une corde de contrebasse.

FedEx

Un matin, Mike a enfin reçu son costume.

C'est le facteur qui est venu me l'apporter, il raconte. *Il y avait un papier à signer. J'ai amené le paquet dans ma chambre et je l'ai ouvert. Une lettre l'accompagnait. Je l'ai lue immédiatement. Le type m'expliquait que le costume avait appartenu à un vrai acteur de film, qu'il avait servi dans* Godzilla contre Megalon. *Il joignait une photo. « Je ne sais pas si tu te rends bien compte. Enfile ça et tu deviens le maître. Tu règnes sur le monde, les gens s'égaillent à tes pieds comme des fourmis. Essaie dans ton salon. Il n'y a rien de plus grisant au monde que de défoncer des buildings à coups de pied. On devrait tous pouvoir faire ça au moins une fois. J'ai vu ce que c'était que d'être une créature chaotique. J'espère que tu y prendras autant de plaisir que moi. »* La lettre n'était pas signée. Je l'ai pliée en quatre et je l'ai glissée dans ma corbeille à papier. Le costume m'attend, plié dans son emballage de papier bulle. Je ne peux pas me résoudre à le déballer. Visiblement, il n'est pas pour moi.

Je vais...

Mon père frappe à la porte pour me demander si tout se passe bien.

Je lui dis oui, je lui dis que j'ai commandé de nouvelles extensions pour ma console, que tout se déroule à merveille. Je quitte l'application.

Je vais t'envoyer ce costume, dit Mike.

Détruire une cité. La passion du réel. Le monde est extension de la peur.

Franz Kafka

L'école ne se passe pas si mal.

Comme je n'en attends rien, je ne suis pas tellement déçu.

J'ai renoncé à me faire des amis. Démission absolue/profession de foi. Je me contente de gérer les affaires courantes. Les professeurs sont ennuyés que je ne m'implique pas davantage mais je crois qu'ils sont surtout tristes pour eux, pour ce qui aurait pu être, pour les espoirs qui meurent tout seuls, comme ces petites créatures de la forêt qui crèvent dans la pénombre dès que l'on cesse de croire en elles.

La neige commence à tomber dans la cour : nous étudions *La Métamorphose* de Kafka. C'est un bouquin que j'avais essayé de lire quelques années auparavant et qui m'avait paru incompréhensible.

Cette fois-ci, c'est différent. Je le dévore en quatre-vingt dix minutes de la première à la dernière page. Et je me mets à pleurer. Rien à faire. Il est vingt-trois heures, je suis seul, Godzilla ne viendra pas aujourd'hui, et je reste seul comme un con à chialer dans ma chambre. Qu'est-ce qui m'arrive ? C'est l'histoire d'un type qui se réveille en cancrelat et que sa famille rejette, un type pour qui, subitement, le monde se teinte de couleurs inconnues. Ce genre de trucs n'a aucun rapport avec la vie physique ; c'est une fantasmagorie, une rêverie morbide : Kafka est un putain de grand dépressif.

Je pleure, je crève de pleurer, je pleure de plus belle. Pourquoi est-ce que le miroir du monde est si dur ? Pourquoi est-ce que les gens sont incapables d'amour ?

Je reste dix bonnes minutes devant ma fenêtre à regarder la neige voleter sur le parc. Puis je file aux toilettes.

Dans le couloir, mon téléphone sonne. Je prends l'appel sans réfléchir. Mon visage est rougi par les larmes, je renifle.

Rien, je dis. Ah ouais ?

Quand j'étais petit, paraît-il, je ne pleurais que très rarement. C'était d'ailleurs étonnant. Les amis de mes parents leur disaient qu'ils avaient une chance folle. Même quand je tombais, que je me faisais mal. Mes parents rigolaient et je rigolais avec eux. Une fois, ils m'ont emmené voir un pédopsychiatre. C'est dramatique, a dit le type.

Ouais. Mm.

Daniel ?

Assis dans son lit, mon père lève les yeux de son magazine.

Je te rappelle, je dis au téléphone. J'appuie sur OFF, reste dans l'embrasure. J'essaie de sourire.

Daniel, ça va ?

Mon père ôte ses lunettes de lecture ; son pyjama bâille sur sa poitrine. Une ride d'inquiétude barre son front.

Tu pleures.

Non.

Ne dis pas non.

C'est rien, je dis. C'est à cause d'un bouquin.

Quel bouquin ?

La Métamorphose.

Oh.

Tu connais ?

Je ne suis pas si inculte que j'en ai l'air, il soupire. Qu'est-ce qui te fait pleurer là-dedans ? Tu as peur de te transformer en cafard ?

Je trouve ça dur. Ce type pour qui tout change d'un coup.

D'accord, fait mon père. La mort produit des effets similaires. La nôtre, celle des autres. J'ai étudié ce texte, exactement à ton âge, et notre professeur avait cette théorie selon laquelle *La Métamorphose* était un livre sur le deuil. Il disait : quand à la fin la famille du narrateur est heureuse, c'est que le deuil est accompli. Tout le combat entre sa famille et lui, c'est le combat pour oublier les gens. Tu comprends ?

Je ne sais pas.

C'est une question qui m'a longtemps suivi. (Il essuie ses lunettes, hésite) : à un certain tournant de ma vie, j'ai dû y faire face, m'interroger – je veux dire, rendre service, apprendre à mourir, apprendre à laisser les autres vivre sans soi. J'ai lu un essai un jour là-dessus, c'était dur, mais c'était le bon moment –

Le moment où… ?

Il secoue la tête. J'ai perdu le bouquin, il dit. Ça devait être un signe. Si j'arrivais à retrouver le titre, ce serait – mais tu vois, j'ai très bien pu l'oublier volontairement, dans un parc, sur un banc public et –

Il me fixe.

OK, je dis. Je crois que j'ai compris.

Je me mouche. J'ai l'impression qu'un visage s'éloigne, m'observe, prend de la hauteur. Je retourne dans le couloir, referme doucement la porte.

Si tu as des soucis, crie mon père, il faut en parler ! Je suis là pour ça.

Je n'ai pas de soucis.

Je regagne ma chambre. Je m'assieds sur mon lit, enfouis ma tête entre mes genoux relevés, descends en moi-même – mes pensées sont des lucioles apeurées tournant autour d'un halo gris, au plus profond d'une grotte.

Je suis sur le seuil. Quelque chose en moi doit céder.

Je tire le drap. Me glisse dans mon lit.

Sunday here again

Mon père n'est pas là, pas rentré, il s'est rendu ce matin à une conférence consacrée, il m'a dit, aux poissons des abîmes. Il a noué une cravate. S'est aspergé de parfum.

Désormais le soir est là et nous marchons sur la plage, Godzilla et moi, et vous n'avez jamais vu un coucher de soleil comme celui-ci, ce n'est plus un coucher, c'est un naufrage, une agonie – le disque rouge s'abandonne, l'océan l'avale comme un ogre, régurgite des flots d'or et de pourpre, et je cligne des yeux, abasourdi, et nous descendons sur la plage, nos chaussures à la main.

Godzilla s'assied, adossé au muret qui plonge dans le sable. Je m'avance vers le rivage. Des vaguelettes glacées mordillent mes pieds nus, une écume d'hiver tourbillonne autour de mes chevilles, je me baisse, effleure l'eau sombre.

Ce soir est le soir.

Mon téléphone sonne dans ma poche. Je le sors, examine l'écran. Appel caché. Je prends la communication. Oui. Oui, je sais. Je suis prêt.

Je coupe. Lance mon téléphone au loin : il disparaît sans un bruit.

Cut to :

Des vagues, des creux, des gouffres, reflets flamboyants – un corps se débat, une ombre floue s'enfonce, heurte le sable, se pose.

Je retourne sur mes pas.

Godzilla a ouvert son portable sur ses genoux. Je m'installe à ses côtés. Un plan se dévoile. Le plan de la foire. Un point brûlant palpite.

C'est quoi ?

Godzilla renverse la tête.

C'est là où nous allons. C'est le départ, l'aller simple, le train fantôme.

OK, je dis.

Cut to :

Moi-même, l'ordinateur entre les mains.

Qu'est-ce que j'en fais ?

Ce que tu veux.

Je prends le PC sous le bras, assis en tailleur. Le plan de la foire. Voulez-vous quitter l'application ? Oui.

Le programme se volatilise. Sur le bureau, quelques fichiers mp3. Je me cale contre le muret. Il y a un jeu disponible, un seul : un casse-briques à la con.

Cut to :

Mes doigts agiles. Une bille métallique nacrée de reflets bleutés part à l'assaut des parallélépipèdes obtus. Elle s'en donne à cœur joie. Des années que je n'ai pas joué à cette connerie.

Chaque brique…

Chaque brique est une défense qui me sépare du sommeil. Peu à peu, les barrières se fendillent, s'écroulent, explosent en feux d'artifice. La bille émet de petits couinements satisfaits. Mes paupières se ferment. Godzilla n'esquisse pas un geste – pas même quand je bascule et que mes mains tombent dans le sable.

Un autre rêve

Je me réveille, ma peau est très vieille, grise, parcheminée, mon souffle sent le volcan, la pierre en fusion. Je suis un dinosaure. Un ankylosaure.

Ma mère m'apporte une tisane.

Qu'est-ce qui m'arrive ? je lui demande.

Chhhhut, elle répond en me caressant les cheveux. Ce n'est rien. Papa et moi sommes là pour toi, papa et moi t'aimons très fort, tu sais ça ?

Je secoue la tête.

La télé est allumée dans ma chambre. Images de catastrophes, destructions, gravats ensanglantés : Godzilla est en ville. Micro en main, un reporter traumatisé explique que les autorités ont perdu le contrôle de la situation.

Des gens à mon chevet, éplorés. Des anciens profs. Des élèves. Une fille sourit – un sourire de compassion. Il faudra revenir me voir, elle chuchote. Il faudra me parler. Le monde est sourd, un feu pâle fait trembler le jour.

Je hoche la tête.

Mon père arrive à son tour. Il porte un seau à la main, une pelle et un râteau. Dès que tu seras rétabli, il me dit, on ira construire des immeubles. Tu es d'accord ?

Je suis d'accord.

Je montre la télé du doigt.

Qu'est-ce qui se passera si Godzilla détruit le monde ?

Godzilla ne détruira jamais le monde, répond un professeur derrière moi, qui arbore un T-shirt *Where are you Franz ?* C'est le monde qui détruira Godzilla. Le monde gagne toujours à la fin, ne me dites pas que vous n'êtes pas au courant. La série Godzilla va s'arrêter. Je vous mets 9/20, mais c'est pour la présence.

9/20 ? Je ne passerai pas en terminale.

Disons qu'il va falloir que tu travailles plus, murmure ma mère. Disons qu'il va falloir que tu te réveilles.

J'ouvre les yeux. Godzilla est penché sur moi. Allez, il fait. Debout.

Personne dans les voitures en provenance de Suisse

J'ai beaucoup vécu, il dit, j'ai visité des endroits dont tu n'as pas idée.

Nous avançons sur la jetée. Des voitures nous croisent, berlines grises aux vitres teintées, anonymes et racées, roulant toutes vers l'ouest.

Tu es encore jeune.

Je me tourne vers la mer. Je repense à ma vie, à ce qu'a été ma vie jusqu'ici. Je nous revois, mon père et moi, perdus dans un hall d'aéroport, de retour du Japon. Nous attendions nos bagages sous les néons malades. Dehors, l'aube était hostile, des avions sillonnaient le ciel froid, traçaient des lignes de fuite et nous, nous étions cloués au sol, nous ne partions plus, où serions-nous allés ?

Je suis jeune, peut-être, mais une partie de ma jeunesse est en train de mourir, de pourrir en moi et si je ne l'expulse pas maintenant elle m'emportera avec elle.

Je relève la tête. Les voitures n'ont pas de conducteur. Le soir envahit la côte.

Godzilla prend ma main. Regardez-nous, seuls sur la jetée, regardez-moi, je suis comme vous, il me manque une chose et je ne sais pas quoi et je me vois sur mon lit de mort, intubé, épuisé de souffrance, lourd de regrets et gavé de morphine, agitant les doigts vers cette chose qui n'a jamais été là et personne – surtout pas moi – ne comprend.

Tu es bien songeur.

Au loin, les lumières de la foire palpitent dans l'eau grise de mes yeux. Je le regarde. Il marche d'un pas égal, comme si rien n'avait d'importance.

Je me demande si ça pourrait être pire.

Le pire n'est pas / Tant que nous pouvons dire « Voici le pire. »

C'est de vous ?

Il ne répond pas. Il serre ma main plus fort.

Qu'est-ce qu'il y a ?

Il chantonne :

They say / He has no brain
They say / He has no mood
They say / He was born again
They say / Look at him climb
They say « Jump »

They say / He has two gods
They say / He has no fear
They say / He has no eyes
They say / He has no mouth

They say hey that's really something
They feel he should get some time
I say he should watch his ass
My friend don't listen to the crowd
They say « Jump »
Got to believe somebody
Got to believe

Sa voix est pure comme un oiseau dont on aurait coupé les ailes mais qui continuerait de voler, hissé, ballotté, retourné par le vent.

Hé, vous me faites mal !

Je sais.

Il se presse.

Nous n'avons plus beaucoup de temps.

Funereal

Et l'enterrement ?

Je hausse un sourcil. Nous arrivons à l'entrée de la foire. La grande roue tourne vite, trop vite, comme une histoire qui s'emballe. Il n'y a pas âme qui vive mais tous les manèges sont allumés, on entend le grincement des wagonnets sur le grand huit, la chute d'eau de l'enfer, la chenille pour les enfants.

Et l'enterrement ? répète Godzilla.

Nous avançons sur l'allée principale. Bifurquons à gauche. C'est une voie discrète, bordée de platanes hirsutes ; un réverbère grésille.

À l'enterrement, je commence, il n'y avait personne que je connaissais, presque personne.

Nous habitions à Tokyo depuis deux ans et c'était très difficile de faire venir les gens, quasi impossible, à cause du prix des billets d'avion, de la disponibilité, du temps qu'il fallait aux proches pour se retourner, les yeux rougis, reniflant, le combiné à la main – à cause du temps qu'il leur fallait pour accuser le coup et préparer leur départ, et à quoi bon ?

Nous longeons des baraquements : stands de tir, loterie, postes de radio clinquants. Des ballons multicolores tressautent dans des cages d'argent, pareils à des cœurs affolés. Annonces d'un autre âge passées en boucle sur bandes enregistrées. On gagne à tous les coups ! Tentez votre chance !

Je me tenais là, je poursuis, il y avait des gens de l'aquarium, des amis de mon père, quelques connaissances japonaises, des silhouettes à l'écart, deux ou trois amis de l'école internationale, enfin – des amis...

Nous étions parvenus à dénicher un prêtre. C'était le souhait général, un consensus reposant qui nous rapprochait de l'Europe. Ça s'est avéré une mauvaise idée. La mort était là : au Japon. La mort s'éventait à l'ombre d'un cerisier, jambes repliées, pensive, et des cumulus s'étiolaient dans l'azur médusé.

Moi, j'aurais aimé que des grues cendrées percent le ciel. J'aurais aimé qu'une pluie de pétales roses explose au-dessus du cimetière.

Nous nous arrêtons devant une baraque à monstres. Femme à barbe. Curiosité bicéphale. Homme poisson. Le fabuleux Docteur Sapience. Le rescapé de Neandertal. Regardez-le manger !

Et puis : l'homme sans visage.

Il n'existe pas et pourtant il est là.
Il est chacun de vous.

Je m'approche du panneau. Des photos sépia, abîmées par le soleil. Clichés en rafales : un homme avec un sachet en papier sur la tête. De face. De profil. Assis dans la pénombre.

C'est... vous ?

Godzilla esquisse un geste de dépit.

Tout le monde habite ici, il dit en s'adossant : chacun de nous, épisodiquement. C'est un endroit agréable pour dormir. Mais je t'en prie. Continue.

Continuer ? Je ne me rappelle plus grand-chose. Des détails. Des détails de détails. Une coccinelle posée sur mon poignet. Un cerf-volant déchiré au-dessus des arbres. Je crois que je pleurais. Je crois... il me semble qu'à un moment, une jeune femme s'est approchée de moi. Qu'est-ce que je raconte ? Je m'en souviens parfaitement.

Je ne la connaissais pas. Une amie de ma mère ? Elle ne devait pas avoir plus de vingt ans. Une fée – son visage, c'était... Elle prenait des notes sur un calepin. Elle a vu que je l'observais.

Ça va ? Tu tiens le coup ?

Elle avait une voix très belle, un peu rauque. Elle a passé une main dans ses cheveux blonds frisés. Son sourire était un miracle ténu, une pluie de novembre, un rayon de soleil sur une margelle pierreuse.

Un pommier a frémi ; un couple de passe-reaux s'est évanoui sous les frondaisons. Les branches oscillaient, déjà nostalgiques. La jeune femme a bloqué son souffle. Ses paupières étaient closes. Souviens-toi de ça, elle a dit. Cette branche, cette feuille qui tombe et virevolte : on croit que le temps s'en va mais c'est nous qui partons. Le temps ne bouge pas, jamais. Les gens que nous aimons restent figés dans notre mémoire. Dès que nous cessons de penser à eux, ils s'ébrouent, libérés de toute entrave. Alors tu vois, ce n'est pas très grave si on oublie les morts.

Chérie !

Nous nous sommes retournés. Un homme approchait sur un fauteuil roulant. Sa minceur était impressionnante mais une vie farouche brillait dans son regard. Une infirmière japonaise le poussait.

C'est mon père, a dit la jeune femme en détachant une feuille de son calepin. Il est très malade, il va bientôt mourir alors pour nous habituer, nous allons aux enterrements.

Pour vous habituer ?

Pour le jour où nous ne serons plus ensemble, a précisé l'homme.

La jeune femme s'est accroupie devant lui, a posé sa tête sur ses genoux. Elle ne me quittait pas des yeux.

Ne sois pas triste, elle a dit. Ce serait un crime d'être triste dans un instant pareil. On ne peut être triste que quand on rate le présent.

Elle a pris ma main dans la sienne, a refermé mes doigts puis s'est reculée doucement, comme une vague abandonne la grève. Je l'ai suivie du regard sans prononcer un mot. Dans ma paume, elle avait laissé la feuille détachée. C'était un poème, griffonné en hâte.

Tu files, ta silhouette entre les arbres noirs

Le vent se lève
Les rêves se fanent, trempés de larmes et tu
Pars
Le ciel éclate dans ton regard
Tes pas foulent les promesses enfouies
La terre n'est plus
Qu'un tombeau immense

Dans le train

Debout devant le guichet vide, Godzilla commande une place. Il n'y a personne, je dis en reniflant. Il passe une main par l'ouverture, lâche un billet, attrape un ticket.

Hé, je ne sais pas si vous avez remarqué, mais on est deux.

Il m'entraîne vers les wagons. Le train procède par soubresauts. Nous longeons le garde-fou. Un wagon nous attend. Il est rouge, décoré de bas-reliefs et de motifs alambiqués, moulures en plastique, excroissances, une tête de monstre, une morne gueule béante.

Nous voici sur la banquette. Godzilla rabat la barre de protection, jette le ticket. Quelques secondes et nous partons.

Chœurs d'enfants. *Kindertotenlieder*.

Des portes claquent sur notre passage. Nous pénétrons dans un corridor enténébré. Un squelette se balance, suspendu au mur. Des rires sardoniques ricochent au-dessus de nos têtes. Godzilla ne bronche pas.

Plus loin, nous soulevons une toile d'araignée. Des cercueils s'ouvrent, des cadavres surgissent, rigides et grimaçants.

Sur notre chemin, une procession de vampires. Les mains sont blêmes, déformées. Bientôt, nous nous engageons sur un rail qui nous mène au niveau supérieur. Le wagon grince. Les haut-parleurs crachotent une musique macabre – notes de harpe, gouttes de poison sale.

Nous découvrons une chambre de torture. Le bourreau est torse nu, vêtu d'un tablier de cuir.

Il nous regarde passer. Dans la pièce suivante (fracas de portes, ronronnements mécaniques), un corps à terre se recroqueville : c'est un bambin, serrant une peluche contre lui.

Nous le frôlons. Son orbite est creuse, raclée jusqu'à l'os.

Je déglutis.

Plus loin, une chambre d'hôpital. Un homme amputé de deux bras, sanglé sur son lit, balbutie d'incompréhensibles supplications. La pièce est hachurée d'éclairs stroboscopiques. L'homme vocifère. Je me tourne vers Godzilla. Ne le vois plus.

Jets de vapeur, brumes acides. Des silhouettes émaciées, visages creusés de douleurs, tendent vers nous leurs bras frêles. Des crochets de fer sont plantés dans leur chair, qui les empêchent de nous toucher.

Une salle d'attente. Des gens en pleurs. Des gens lisant des magazines. Des cris. Un homme effondré. Debout, flageolant. Son ami essaie de le réconforter. Les autres baissent la tête. Jamais je n'ai ressenti une telle détresse.

Tout est noir à présent.

Des figures émergent, arrachées à l'obscurité. Des joues baignées de larmes. Des faces livides, des cris silencieux, mains jointes, fillettes à genoux.

Une table, avec des instruments de chirurgie, ou de torture, des bandelettes tachées de sang, des flacons renversés.

La musique a cessé, remplacée par un bourdonnement continu évoquant un bruit d'usine ou de réacteur qui me tétanise.

La salle suivante est immaculée. Des gouffres s'ouvrent dans les murs, des vortex. Un couple danse. L'homme n'a pas de bouche. La femme est inerte. Je ne veux pas croiser son regard. Je ne veux pas savoir qui elle est.

Nous traversons un hall jonché de cadavres démembrés, pulvérisés par ce qui ressemble à une onde de choc, une explosion extrêmement récente. Des torses sont lacérés de long en large, ouverts. Des têtes pendent, retenues au tronc par un tressage irréparable de muscles, de tendons et d'os écrasés, enduit d'une bouillie rouge et noire. Des yeux sont grands ouverts. Des faisceaux lumineux s'entrecroisent, révélant des cris étouffés, une détresse inhumaine, un chagrin trop lourd à porter.

Enfin, nous redescendons. L'obscurité est toujours complète. Je m'attends à ce que des mains m'effleurent, à ce que des lèvres invisibles susurrent des secrets à mon oreille, mais rien, juste un grincement strident, une vague odeur de fumée.

Quelque chose me quitte.

Je me sens aspiré vers la sortie, incapable de bouger, privé de volonté. Je ne peux qu'observer. Je ne peux que me laisser faire.

Soudain, la blancheur crue : notre wagon heurte violemment une dernière porte double et nous surgissons en pleine lumière, et l'éclat du jour est si intense que je suis forcé de me cacher le visage avant que notre wagon ne s'immobilise vraiment et que la barre automatique ne s'abaisse, et qu'une voix m'invite à descendre.

Je me frotte les tempes, tourne la tête.

Godzilla n'est plus là.

Terrain vague

Je descends du wagon. Personne.

Je me retourne.

Le train s'ébranle de nouveau, vide, Godzilla a disparu.

Je lève ma main pour me protéger du soleil.

Nous sommes en plein jour.

La foire n'est plus là. Dans mon dos, le train fantôme, seul au milieu d'un terrain vague. Devant, une plaine cabossée, jonchée de détritus – chaises de jardin, restes de carlingues, cadavres de voitures carbonisées.

Plus loin encore, dans les brumes du matin : des buildings, une ville entière, étincelante, à perte de vue. Je fais un tour sur moi-même. Je sais qu'il est inutile d'appeler, inutile de crier, de demander de l'aide. Une brise tiède souffle sur la désolation.

En route.

Le paysage est boueux, accidenté, semé d'herbes folles. Par endroits, des flaques d'eau brillent au soleil, rayées de longs filaments sanguinolents.

Je m'arrête pour reprendre mon souffle.

Repars.

Je ne sais pas pourquoi c'est si fatigant. Ça me rappelle certains rêves : ceux où vous n'arrivez plus à marcher, où vous vous sentez pesant, totalement impuissant.

Dans le ciel, des nuages étirés filent à vive allure. Le vent siffle, délaissé. Je titube. M'assieds au sommet d'une butte – en pleine contemplation.

Je connais ces gratte-ciel. Je connais cette ville.

C'est elle, mais d'une drôle de façon : comme un visage ami posé sur un corps qui ne lui appartient pas.

Tokyo.

Une approche

Le temps ne passe pas. Je n'ai pas l'impression d'avancer dans le temps. Les heures ne succèdent pas aux heures. Il n'y a pas de nuit ici, pas de saison, aucune feuille ne virevolte, aucune progression ne se manifeste, rien ne va advenir qui ne soit déjà arrivé.

Ce corbeau juché sur le talus : déjà vu.

La crudité du soleil : mémorisée.

Ma fatigue : sans fin.

Au loin, une structure cuivrée, métallique, se découpe sur l'horizon. Des gratte-ciel se massent autour d'elle, la courtisent, la réchauffent. Je me trouve sur un pont énorme qui enjambe une baie, un fleuve, je ne sais plus.

Personne.

Je croise des gens au début, je crois que je croise des gens, des hommes pressés munis d'attachés-cases, des cosplayeurs en rollers, un petit vieux à vélo.

De face, tout va bien.

C'est quand on se décale qu'on comprend.

Ces gens ne sont pas des gens. Ce sont des découpages, des leurres en 2D, des personnages de carton-pâte dénués d'épaisseur et de substance. Ils ne parlent pas. Ils cheminent.

J'ai l'impression d'un retour au pays.

J'ai l'impression d'un départ, d'une renaissance, d'une révélation.

Je me souviens d'une phrase de mon père : « *Le bonheur ne tombe pas entre des mains blanches.* » Quand a-t-il proféré ces mots ?

Je n'ai pas peur.

Je voudrais enfouir mes poings dans mes poches pour ne pas avoir à m'arracher les yeux.

J'arpente les rues de la ville. Des enseignes clignotent, hystériques, des cortèges de voitures défilent, des dizaines de milliers de personnages en deux dimensions se dirigent vers des objectifs connus d'eux seuls. Au milieu des amples avenues, je déchiffre des séries de kanji. Le ciel est empli d'oiseaux. Par endroits, les toits sont couverts de neige alors qu'une brise tiède agite les branches.

Façades titanesques. Visages géants sur les murs. Déferlements d'enseignes, de couleurs, de signes. Retour d'images. Je suis déjà venu ici : je vis, j'ai vécu, j'aurais pu vivre ces scènes.

Devant une boutique, je m'arrête. *Dépôt-vente de costumes*, signale une affiche : déguisements de monstres, de héros de manga, de jeux vidéo, d'animation japonaise.

Je me regarde dans la vitrine.

Je porte un sachet en papier sur la tête. *Je me vois*. Il n'y a pas de trous pour les yeux mais je me vois. Putain.

La porte coulisse lorsque je pose le pied sur le paillasson. J'entre. Un gigantesque capharnaüm m'accueille, des boîtes de figurines empilées jusqu'au plafond, des héros grandeur nature, des vitrines bourrées de personnages ovoïdes.

Je m'approche du comptoir.

Un carton est posé. Aucun vendeur ne se présente. J'observe le carton. Mon nom est inscrit dessus en caractères occidentaux. Mon nom, mais pas mon adresse.

Je déchire le paquet.

Il vient des États-Unis. Il y a un mot glissé :

For You
Mike – Orlando

Je défais le plastique. Un costume. Un déguisement à ma taille. Un costume de Godzilla plus vrai que nature.

Sans hésiter, j'ôte mes vêtements et enfile la défroque verdâtre. Il ne reste plus que la tête. Je porte une main à mon visage pour enlever le sachet en papier. Mes doigts ne touchent rien. Je pose la tête.

Respire.

Tout va très bien.

Je ressors. Regarde autour de moi.

Une voix parle, qui est la mienne et que je n'entends pas. C'est impossible à expliquer. C'est, je dirais, de l'ordre de la communication involutée. Si vous étiez dans le même rêve que moi, vous pourriez comprendre.

Vous comprenez ?

Basse enfance

Ce n'est pas ici que je suis né, dit la voix.

Je suis né dans une grande ville, une ville immense bourdonnant de gratte-ciel, envahie de jets survoltés, labourée d'autoroutes, parcourue de longues allées herbeuses, pavillonnaires, endormies – j'habitais dans une villa sur les hauteurs, c'était ma mère qui l'avait achetée avec l'argent de son troisième film, celui qui avait rapporté soixante-sept millions de dollars et l'avait propulsée en couverture d'une centaine de magazines.

Ma mère n'a jamais accepté son succès. Elle était magnifique, brune aux cheveux longs ou blonde aux cheveux courts, ça dépendait du coiffeur, de l'humeur, du film.

Elle était adulée.

Elle était traquée par des photographes.

Elle recevait des lettres d'amour, d'insultes, d'encouragements.

Dans ses films, elle était une avocate d'affaires en talons aiguilles, ou bien une espionne slave recueillie par un magnat de la presse et qui tombait amoureuse de son fils et qui était chargée de le tuer. D'autres fois, elle était la femme d'un grand joueur de base-ball et elle ne supportait plus qu'il la délaisse, ou elle était traquée par un serial killer qui avait déjà assassiné une trentaine de jeunes filles et toujours de la même façon, en les étranglant avec leurs propres viscères.

Ma mère avait assez d'argent pour nourrir, éduquer et soigner tout un village d'Afrique pendant trois siècles en comptant l'explosion démographique.

Elle possédait cette villa dans les collines et un appartement dans une station du Sud pleine de musique et d'histoires, et une maison sur une côte méditerranéenne, et un pied-à-terre dans un archipel inondé de soleil – elle détenait des parts d'une chaîne de restaurants de stars, d'un groupe pharmaceutique hautement bénéficiaire, d'un constructeur de yachts qui la couvrait de cadeaux.

Elle avait été classée huitième au palmarès des femmes les plus belles du monde dans un magazine masculin à grand tirage.

Elle était courtisée par des réalisateurs connus. Elle avait refusé de tourner pour l'un d'entre eux parce qu'elle avait demandé à réécrire ses dialogues, et le type avait dit non.

Ma mère était juive. Pendant un moment, elle avait pris ça très au sérieux : elle avait retrouvé un grand-oncle éloigné, prétendument mort dans un camp d'extermination. Elle avait lu des livres sur Jérusalem, la kabbale, la diaspora. Et puis ça lui était passé.

Ma mère travaillait tout le temps. Un mois avant ma naissance, elle s'est vu confier un rôle de femme enceinte en guest star dans une série à succès qui en était à sa sixième saison. Après son accouchement, elle a entrepris un programme de remise en forme avec un nutritionniste réputé qui avait déjà fait perdre seize kilos à une chanteuse en vogue. Ma mère est devenue amie avec cette chanteuse. Elles ont échangé leurs numéros de téléphone. Ma mère voulait se lancer dans la musique. La chanteuse voulait se lancer dans le cinéma. Ma mère a persévéré. Pas la chanteuse.

Lorsque je suis né, je pesais un bon poids, je n'avais pas un cheveu, et ma mère a dit en rigolant que je pourrais faire carrière dans le cinéma comme sosie d'un acteur chauve et connu avec qui une très bonne amie à elle avait couché à dix-neuf ans, un type dont il ne fallait donc pas dire le nom, décédé le même jour qu'Orson Welles d'un cancer des poumons – un type qui avait regardé la caméra et qui avait dit « je suis mort » dans un clip antitabac diffusé peu de temps après sa disparition.

Plus tard, mon père a eu le même genre de réaction. Mon père a dit : peut-être qu'on s'est trompés. Peut-être que cet enfant a été changé à la naissance, qu'il a pris la place de quelqu'un d'autre et que quelqu'un d'autre a pris sa place.

Il ne rigolait pas.

J'avais des petits bras potelés. Ma mère m'a emmené deux semaines en cure de thalassothérapie et m'a confié à des nurses diplômées qui m'ont gavé de lait enrichi et m'ont promené dans des landaus à suspension hydraulique.

Mon père a mis plus de dix jours pour retrouver notre trace : il était très occupé sur un tournage en Amérique du Sud et, lorsque je suis arrivé, il a appris ma naissance par les journaux et il est rentré par le premier avion, raisonnablement en colère pour quelqu'un qui n'avait pas donné le moindre signe de vie au cours des quatre derniers mois.

Mon père était producteur. Ma mère et lui s'étaient rencontrés sur le tournage du film de base-ball ; ils étaient tombés amoureux l'un de l'autre après un cocktail mondain soldé par l'overdose manquée d'une relation commune.

Les magazines de l'époque avaient fait leurs choux gras de leur idylle. On voyait mon père et ma mère en couverture, tendrement enlacés sur fond de coucher de soleil philippin ou étendus sur le pont d'un yacht prêté par un ami milliardaire, ma mère enduisant le dos de mon père de crème solaire. Les déclarations étaient dénuées d'équivoque. Nous filons le parfait amour. Je n'aurais jamais cru qu'une telle félicité fût possible. Bien sûr que nous allons nous marier. Bien sûr que nous allons avoir des enfants. J'en veux six au minimum. Je rêve, vous entendez, je rêve d'une famille nombreuse, de bambins joyeux piaillant dans le jardin, je suis faite pour être mère, je suis fait pour être père.

Mon père et ma mère sont restés épris deux mois. Ma mère est tombée enceinte, mon père lui a demandé d'avorter, ma mère a refusé, ils se sont séparés, ils se sont retrouvés, ils se sont séparés encore et ils se sont mis à se haïr et à me haïr moi, sans réussir à se l'avouer, pour ce que je représentais, pour le cataclysme que je symbolisais et qui menaçait leurs existences ensoleillées.

Ma mère a pris la décision de m'élever seule. Mon père s'en est d'abord félicité, puis il m'a serré dans ses bras un soir et une émotion s'est réveillée en lui, et il a complètement changé d'avis.

Il a voulu m'avoir pour lui. Il a envoyé ses avocats à ma mère. Ma mère lui a balancé ses propres hommes de loi.

Ils se sont déchirés, comme deux tigres captifs rendus fous par une cohabitation forcée. Mon père faisait suivre ma mère. Ma mère jetait des maîtresses dans les bras de mon père et vendait les photos par un intermédiaire à des journaux à scandale. Elle lui réclamait une pension ahurissante, la moitié de sa fortune, son immeuble sur la côte Est, des parts de sa société de production. Elle l'aurait pourchassé en enfer.

Quand il a compris qu'il n'aurait pas le dernier mot, mon père a lâché du lest. Il est parti en Europe, il m'a abandonné, il a laissé à ma mère une somme tenue secrète – qui l'a fait taire pendant des années.

Je suis resté avec ma mère jusqu'à l'âge de raison, dans une région baignée de chaleur, face à un océan glacé. Je n'ai pas beaucoup de souvenirs de cette époque. Je suppose que j'étais malheureux.

Hôtel

Et il y a des allées, et il y a des passages cloutés, et il y a des gens qui se pressent, et des voitures qui klaxonnent, et il y a un dôme gigantesque, et une grande roue, et des buildings carrés, et des ponts couverts de mousse, et des logos multicolores, et une multitude grouillante et ténébreuse et apaisante – et ça s'appelle Tokyo, et c'est la ville de mes rêves et de mon enfance, le carrefour éternel, l'endroit où viennent s'échouer les songes inassouvis, et c'est le lieu d'où décollent les avions sans pilote, le point de départ pour les destinations qui n'existent pas, et il y a tant d'histoires ici que vous pourriez étouffer rien qu'en ouvrant la bouche, et dans le miroir d'une salle de bains un autre vous-même vous regarde – il y a tellement de vies modernes, compliquées, arrachées au réel, qu'une infinité de personnes peuvent ou veulent exister à votre place – songez à ça, songez-y sérieusement, vous êtes mort, c'est probable, vous êtes : emporté ou absent, mais nul n'a pensé à vous prévenir et vous avez encore des siècles devant vous.

Je lève la tête. C'est un établissement international, hors de prix. Mes pas s'enfoncent dans une moquette crème. Je veux juste une chambre : pas pour dormir. Pour regarder la ville.

Je veux être debout.

Je veux me suivre des yeux ; si votre trajectoire croise la mienne, je vous promets de m'écarter.

Je suis assis sur le dessus-de-lit. Face à moi, une large baie vitrée. Je me trouve au cinquante-troisième étage. Labyrinthe de verre et de béton. Au-dessus, le ciel est une toile bleue obstinée tendue par un peintre maniaque.

La voix résonne.

Ma voix.

L'âge de raison

Quand j'ai eu sept ans, ma mère a été assassinée.

Elle n'est pas morte tout de suite. Elle a mis quatre ans à mourir, quatre ans : à la fois beaucoup et très peu. Beaucoup pour un meurtre, très peu pour comprendre.

Un mois après l'assassinat, ma mère a découvert une petite boule derrière son oreille. Puis d'autres petites boules sont apparues sur son cou. Elle se sentait fatiguée. Elle travaillait sur une comédie musicale dans laquelle elle tenait le premier rôle. Elle composait elle-même ses chansons. Elle chantait pour de vrai. Elle avait déjà sorti deux albums et le premier s'était vendu à un million et demi d'unités. Elle était devenue plus que célèbre.

Je n'en peux plus, disait-elle à cette époque. Les tournages, les enregistrements, les soirées, les interviews, les publicités, les concerts de charité, les premières, les galas, les tournées : elle ne se reposait jamais.

Elle collectionnait les amants. Certains étaient gentils avec moi. D'autres faisaient comme si je n'étais pas là. Plusieurs fois, je l'ai surprise avec des inconnus, dans sa chambre, dans la salle de bains, dans un camion de déménagement. Dans ces moments-là, je serrais les poings, je proférais des malédictions, je fomentais des complots.

Je n'avais aucune nouvelle de mon père. Ton père est mort, disait ma mère. Et je savais que ce n'était pas vrai. Je le savais, parce qu'ils se téléphonaient au moins une ou deux fois par an et qu'à chaque fois, c'était l'apocalypse.

Je n'en peux plus, répétait ma mère. Mais cette fois ce n'était plus à cause de mon père. Il y avait ces boules sur son cou.

Elle est allée voir un docteur qui lui a pres-crit une analyse de sang. Elle ne s'est décidée à la faire qu'au bout de trois semaines. Il lui fallait attendre cinq jours pour avoir les résultats.

Je me souviens très bien. J'ai fait plus de cho-ses avec ma mère pendant ces cinq jours qu'au cours des sept années précédentes. Nous avons visité trois parcs d'attractions. Nous sommes allés au zoo. Nous sommes allés au cinéma. Nous sommes allés à la plage. Ma mère m'a acheté une planche de surf et une tenue de Batman.

J'étais en train de devenir Godzilla. Ma méta-morphose n'était pas pleinement achevée mais le temps approchait où je pourrais piétiner des villes et déverser des torrents de flammes sur les passants terrorisés.

La guerre entre ma mère et mon père avait fait de moi un syndrome. Ils s'étaient déchirés des années durant sans le moindre égard pour ma personne. Ils ne m'avaient rien épargné. Mainte-nant, j'étais un monstre en devenir. Je voulais que ma mère meure et qu'elle s'abstienne du reste. Je voulais tuer ses amants. Je voulais détruire le monde.

Cinq jours.

Ma mère avait peur.

Ma mère téléphonait à des gens en cachette. Mon père. Son médecin. D'autres médecins plus compétents. Des amants. Le type qui l'avait assassinée.

Tu es sûr ? disait-elle. Oui, eh bien justement si, je suis inquiète. Oh, ne te fous pas de ma gueule s'il te plaît. Je te jure que si… Allô ? Allô ?

Nous nous sommes bien amusés pendant ces cinq jours. Ma mère m'a dit qu'elle m'aimait. Je crois que ça a été la seule fois de sa vie.

Le matin du sixième jour, elle est partie chercher ses résultats et je ne l'ai plus jamais revue. Mes grands-parents, qui n'habitaient pas loin, sont venus me chercher le soir même. J'avais passé toute la journée livré à moi-même, à tripoter mes jouets, à attendre son retour. Ma grand-mère maternelle m'a pris dans ses bras et m'a installé sur la banquette arrière du 4X4 de mon grand-père.

Où on va ? ai-je demandé.

Ômondieumondieumondieu, marmonnait ma grand-mère.

Ta maman a besoin de repos, a répondu mon grand-père en s'engageant sur l'autoroute. Tu ne vas plus la voir pendant un temps. Tu vas venir habiter chez nous.

Je veux pas ! ai-je crié en donnant des coups de poing dans son siège. Je veux pas, laissez-moi !

Mon grand-père s'est retourné et a dardé sur moi un regard si lourd de menaces que je me suis aussitôt tenu tranquille.

Ma mère a vu les meilleurs médecins.

Elle a intenté un procès au type qui l'avait assassinée. Il fallait qu'elle trouve un coupable, une explication, comme si ça avait pu la guérir. Elle a perdu dans les grandes largeurs : faute de preuves. Elle n'était pas la seule à avoir cette maladie dans le secteur.

Elle a commencé à reprendre des drogues.

J'entendais mes grands-parents parler d'elle, parfois, ou parler à des médecins, ou bien je les voyais partir à l'hôpital où leur fille était régulièrement admise. Ils ne voulaient pas que je sois témoin de ça mais on ne peut pas tout cacher à un enfant de sept, huit, neuf, dix ans.

Ma mère était en train de mourir.

Pendant un temps, elle a essayé de poursuivre ses activités comme si de rien n'était. Ça n'a pas fonctionné. Sa comédie musicale a été interrompue pour d'obscures raisons budgétaires et de droits dérivés, et son troisième album a été refusé par sa maison de disques. Des films programmés ont été annulés. J'ai appris par la suite qu'ils s'étaient faits quand même – sans elle.

Un an avant sa mort, ma mère est tombée gravement malade.

Elle ne pesait plus que trente-neuf kilos. Elle ne faisait plus du tout la couverture des magazines de mode. Une armée d'avocats veillait à ce qu'aucune photo d'elle ne filtre, mais des clichés ont tout de même été diffusés. C'est ainsi que je l'ai redécouverte : dans un journal à scandale californien, retiré de la vente au bout de deux jours.

Le monde est un charnier, grognait mon grand-père. Peuplé de chacals, de vautours claudiquant.

Personne ne m'a dit quand ma mère est morte. Je ne l'ai appris que deux semaines plus tard, le temps que tout soit réglé. Mon chagrin est demeuré inarticulé. Est-ce que ma mère avait demandé à me voir avant de mourir ? Est-ce qu'elle aurait aimé me tenir la main pour avoir moins peur ? Est-ce qu'elle m'aurait raconté ce qui s'était passé pendant ces dix ans, et pourquoi j'étais là, et pourquoi nous ne nous étions jamais connus elle et moi hormis durant ces cinq jours ?

Le jour où j'ai appris sa mort est le jour où je suis monté dans l'avion qui m'emmenait en Europe – direction la pension à soixante mille dollars dans laquelle mes grands-parents venaient de m'inscrire.

Des illuminations

C'est Tokyo, et ce n'est pas Tokyo. Que deviennent les lieux et les gens lorsque l'on cesse de penser à eux ? Ils s'animent. Ils acquièrent une vie propre. Ce que je vois ici, c'est ce qui reste quand la mémoire s'en va.

Ma mémoire.

J'erre entre les buildings, m'arrête au milieu d'un passage clouté, interdit, frappé par un entrelacs de fils électriques. Un froid soudain m'envahit. Je souffle dans mes mains, un autobus klaxonne, je m'écarte.

Les gens n'ont aucune épaisseur.

Je m'en rends compte lorsqu'une sirène se met à mugir – des centaines en fait, partout dans la ville – et que les habitants s'immobilisent comme des automates. Plus rien ne bouge. Les oiseaux sur les branches se figent. Le vent cesse de souffler. Les voitures sont à l'arrêt, les feux ne changent plus de couleur, des mains restent suspendues, des regards se tournent lentement vers le ciel.

Puis, peu à peu, les gens gagnent les murs, les façades, les frontons et se collent, se collent tellement qu'ils finissent par se mélanger à la pierre, à la brique, au métal : ils deviennent des affiches, ils ne remuent plus et, bientôt, je suis seul au milieu de la ville aphasique, et toutes les portières des voitures sont ouvertes, et les magasins sont vides, et les restaurants sont déserts et les gens, chez eux, se sont fondus dans leurs cloisons, et les sirènes continuent de uluer.

Je me dresse face au soleil.

En dernier lieu, même les sirènes finissent par se taire. Le ciel est blanc, saigné, vidé de sa substance. Les avions se sont enfuis, il ne reste que quelques traces, je fixe le soleil jusqu'à ce que son éclat devienne intolérable et je songe :

Voilà la mort.

Voilà ce qui se passe lorsque l'univers s'arrête...

et il semble, cependant, que tout ceci ne soit que provisoire puisqu'à un moment, après que la lumière s'est éteinte et que je me suis cru aveugle, les sensations reviennent, le froid qui m'habitait se dissipe graduellement, petit à petit, les affiches se décollent, les gens frottent leurs yeux en 2D et se remettent à avancer, la vie reprend, celle-ci en tout cas.

Les morts

Mon séjour en Europe : une calamité dépourvue de sens.

Dix ans. J'ai passé dix ans dans une pension perchée dans les alpages. Autour de nous, des champs, des vaches idiotes avec des cloches de bronze au cou, des maisons de riches, des voitures de riches, aucun étranger.

Je n'étais pas dépaysé. La plupart de mes condisciples étaient comme moi des enfants de stars, de magnats de la presse, de sportifs médiatisés, d'empereurs financiers. Ces gens-là voulaient se débarrasser de nous mais ils souhaitaient aussi garder une conscience « nette ». Ils désiraient pour leur progéniture ce qui existait de meilleur.

Notre enseignement était sérieux, sévère et terne. Certains d'entre nous recevaient des visites hebdomadaires. D'autres ne voyaient personne. C'était mon cas.

De temps en temps, mon grand-père m'envoyait une lettre. Il me recommandait de travailler et de ne pas m'en faire ; mon avenir était assuré. Mon grand-père avait été producteur, lui aussi. Peut-être aurait-il aimé que je prenne sa suite, seulement, j'étais trop jeune, et il savait qu'il n'aurait jamais l'occasion de me passer le relais. Alors il me parlait de sa fortune. Il me disait que je devais apprendre à vivre avec l'argent, que c'était pour ça qu'il fallait travailler assidûment, devenir un meneur, un chef. L'argent ne doit pas être laissé dans les mains de ceux qui ne l'aiment pas. Connais l'argent. Apprivoise-le.

Au sujet de mon père bien sûr, il restait muet. Je posais des questions, malgré tout, parce que j'étais persuadé qu'il aurait aimé me voir.

Le sujet était soigneusement esquivé. Cela me désespérait. Je n'étais pas en mesure d'entreprendre des recherches. J'étais trop jeune, j'ignorais tout du monde. Et puis mon père m'avait abandonné, n'est-ce pas ?

Quand j'ai eu treize ans, mon grand-père m'a envoyé un faire-part de décès. Ma grand-mère était morte d'une embolie pulmonaire. L'enterrement avait déjà eu lieu.

Mon grand-père joignait un mandat à sa lettre. Ma grand-mère avait tenu à faire un petit geste pour moi et lui avait donné ce chèque en cas de malheur. Le montant correspondait à la vente d'une propriété de la côte Est qui avait appartenu à ses propres parents. Il s'élevait à quatre millions de dollars.

Je crois qu'à l'époque, je ne me rendais pas bien compte de ce que cela signifiait. Connais l'argent. Apprivoise-le.

J'ai ouvert un compte et j'ai mis l'argent dessus. Puis j'ai essayé de ne plus y penser.

Mes études se passaient mal. Je n'avais pas réellement d'amis : disons des complices, des gens avec qui aller traîner dans les bars de la ville, malgré les consignes.

Mon grand-père a dû recevoir une trentaine de lettres de mise en garde entre mes treize et mes seize ans. On menaçait de me renvoyer, de prendre des mesures. On ne le faisait jamais. J'étais bien trop riche pour ça.

Un jour, mon grand-père est mort. C'est son avocat qui m'a appris la nouvelle. Il m'a envoyé un dossier de presse relatant la nouvelle avec plus d'une cinquantaine de dépêches dans tous les quotidiens importants de l'autre côté de l'océan.

Il m'a dit que j'étais le principal héritier *de facto* et qu'il allait venir me rendre visite pour régler un ou deux problèmes avec moi.

Il est arrivé pendant les vacances de Noël. Nous sommes partis une semaine en résidence dans une île méditerranéenne. Il y avait énormément de dossiers. Mon grand-père avait été un homme très fortuné, avec des affaires compliquées.

Quand je suis reparti, j'étais plus riche d'une vingtaine de millions de dollars. J'avais donné mon accord pour la vente d'un immeuble sur la côte Ouest et cédé mes parts d'un studio de production.

Je suis retourné à l'école.

Mes professeurs et les autres élèves osaient à peine parler en ma présence. Je n'avais pu garder le secret sur la mort de mon grand-père, ni sur mon héritage. Tout le monde savait que j'avais sur mes comptes de quoi racheter l'école et la faire reconstruire en or massif.

Impact/impossible

Un attroupement s'est formé, là-bas, au pied de mon hôtel. Je m'approche sans courir, essayant de chasser le pressentiment qui m'envahit. Des gens se massent, caricatures soucieuses, un cordon de police se forme, on écarte les importuns. Sur le trottoir, des silhouettes sont dessinées à la craie, d'abord très floues puis de plus en plus précises à mesure que je progresse, et les sourires qui ornaient les premiers visages disparaissent au profit de grimaces hideuses. Je m'arrête quelques secondes pour reprendre mon souffle – d'une main levée, dérisoire, je voudrais tenir la panique à distance.

Bizarrement, les policiers me laissent fendre leurs rangs. Peut-être m'ont-ils reconnu ? En tout cas, ils ne disent rien. Personne ici ne dit rien.

Je lève les yeux.

L'immeuble est très haut. J'imagine ce que ce doit être de sauter, d'avoir ce courage. J'imagine ce que l'on doit ressentir pendant la chute.

Tu n'imagines rien, dit la voix.

Impossible de savoir d'où elle vient : ni de moi-même, ni de l'extérieur. Elle est là, voilà tout. Elle s'accroche.

Lorsque je longe les vitres hautes du hall d'entrée, mon reflet n'apparaît pas. Je suis l'ombre d'une ombre. Ou bien : quelqu'un ne tient pas à ce que j'existe. Ou bien : ma présence en ces lieux ne peut se définir en termes de présence physique.

Ce corps-ci, ce trait blanc.

Je m'agenouille. Suis le tracé du doigt.

Des paroles me reviennent. *Cela faisait longtemps. Ce n'était pas un appel au secours. C'était une plainte intériorisée, une plaie profonde, inguérissable. Rien n'aurait pu l'empêcher de faire ça. Rien ni personne.*

Je me répète ce dernier mot : personne ?

Certainement pas toi, murmure la voix. La mort est une équation à zéro inconnue. On est forcé d'admettre le résultat.

Nous explosons

Peu avant mes dix-huit ans, mon père m'a envoyé une lettre.

Il était bien vivant. Il avait appris la mort de mes grands-parents et il en était désolé. Il était désolé aussi de ne pas s'être plus occupé de moi mais le monde du cinéma, disait-il, n'était pas fait pour les enfants, et il avait voulu me préserver.

Il était triste pour ma mère, malgré ce qui s'était passé entre eux, ou à cause de ça justement, et il entendait désormais rattraper le temps perdu. Voyais-je une objection à ce qu'il me rende visite en Europe ?

Je n'ai pas répondu. Je ne savais pas quoi répondre. J'avais essayé d'aller de l'avant, d'oublier qui j'étais, entre illusion et renoncement, et ce fantôme surgi du passé menaçait de rompre le fragile équilibre auquel j'étais parvenu. Mon silence ressemblait à un aveu : j'espérais qu'il allait abandonner et me laisser en paix. Lui et ma mère avaient fait assez de mal comme ça.

Mais il est venu quand même. Je l'ai aperçu un soir, devant mon école, au volant d'une berline de location.

Il a ouvert sa porte et m'a invité à monter. J'ai hésité. Je ne te demande pas la lune, a-t-il déclaré sans me regarder. Juste un peu de temps.

J'ai haussé les épaules. Pourquoi pas ?

C'était un piège.

C'était un piège mais, évidemment, je ne le savais pas encore, et lui-même ne pouvait deviner les conséquences qui allaient découler de nos retrouvailles.

Nous sommes allés boire un verre en ville. Nous avons essayé de faire connaissance. Mon père était un homme séduisant aux cheveux gris coupés ras et aux yeux couleur glacier. Il portait un costume de marque. Ses manières étaient suaves, assurées, même si ses mains, remarquai-je, tremblaient légèrement.

Il m'a résumé sa carrière. Ses hauts et ses bas. Je connaissais quelques-uns des films que sa société avait produits.

Nous n'avons pas parlé de ma mère ; très brièvement, nous avons évoqué les trois femmes qu'il avait épousées ensuite et dont il avait successivement divorcé. Il m'a expliqué qu'il allait partir au Japon pour travailler sur une nouvelle série Godzilla financée en partie par des capitaux américains, et il m'a demandé si je voulais venir avec lui.

J'ai répondu non.

Très bien. Oh, je comprends. Il a payé nos consommations et m'a laissé sa carte. Puis il m'a déposé devant mon école et m'a dit à bientôt. Si tu changes d'avis, appelle-moi.

Je suis resté deux mois sans lui donner de nouvelles. J'essayais de réfléchir à ma vie. Qu'est-ce que je voulais ? Personne au cours de ces dix-huit premières années ne m'avait donné de quoi espérer ou de quoi désirer. J'étais immensément riche. Je pouvais acheter tout ce dont j'avais envie.

Il me manquait un centre intime. Il me manquait l'aventure.

Le soir où j'ai obtenu mon diplôme, j'ai rappelé mon père d'une cabine téléphonique.

J'ai dit : je viens. Il semblait sincèrement heureux. Il était en train de faire ses valises – je décolle dans trois jours, racontait-il, tu parles d'un hasard.

Oui, vraiment, il semblait heureux.

Il m'a promis monts et merveilles. Je vais te faire rentrer dans le cinéma. Est-ce que ça t'intéresse ? Est-ce que tu connais Godzilla ?

Du ciel, rouge

Ce qui tombe est visqueux. Ce qui tombe est très sombre. Lorsque les premières gouttes arrivent, je me baisse, pose un doigt sur ma langue et savoure.

Une pluie de sang s'abat sur la ville.

En quelques minutes, tout est inondé. Les gens poussent de longues lamentations. Les gens se rétractent, tombent à terre, trempés, les gens se fanent, trébuchent, humectés, le précieux liquide les transperce et des rigoles écarlates descendent dans les rues, charriant des cortèges de morts repliés, réduits à l'état de boulettes sanglantes.

Je ne sais pas ce que ça veut dire. Il faudrait tester ce sang, chuchote la voix. Cela donnerait sans doute des résultats très intéressants, surtout depuis que tu y as goûté. C'était bon, au moins ?

Je souris.

Le virus périt à l'air libre, alors s'il a le temps de tomber de là-haut, réellement de tout là-haut, nous pouvons tous en boire, nous pouvons laisser la peur derrière nous.

Et les gens meurent, et les gens s'enroulent sur eux-mêmes, éperdus, et le sang crépite sur leurs cadavres alignés – affiches souillées, portraits barbouillés de rouge – et je ne ressens aucune peur.

Soleil couchant

Je suis arrivé à Tokyo en plein hiver. La ville était couverte de neige, c'était féerique, incroyable, différent. Presque personne ne parlait anglais, encore moins français ou allemand, mais mon père avait mis un interprète à ma disposition.

Le Japon ne ressemblait à rien de ce que j'avais pu connaître. Les maisons n'avaient pas de numéro. Les gens mangeaient des algues. Les écoliers portaient des uniformes et se teignaient les cheveux en vert. La musique était soit insupportable, soit sublime. Il y avait des gratte-ciel et des parcs immenses. Des foules effroyables – intensément discrètes. Des temples nus, des magasins de disques introuvables. À quelques heures de train, c'était la montagne, les sources chaudes, les singes aux yeux saphir.

Nous logions dans un hôtel occidental empli d'hommes d'affaires. Nous disposions d'une suite, mon père et moi, avec chacun notre chambre et trois pièces supplémentaires sans compter les salles de bains.

Mon père travaillait sur une nouvelle série Godzilla qui devait reprendre la trame générale là où *Godzilla, roi des monstres* l'avait laissée. Il prétendait avoir reçu un financement considérable de la part d'un gros producteur américain. J'appris par la suite que l'explication était largement plus complexe. Le studio de mon père s'était fait racheter : ne sachant comment se débarrasser de lui, ses nouveaux patrons l'avaient envoyé au Japon sur un travail de pré-production avec un salaire payé en partie par des employeurs nippons. Mais l'histoire leur avait échappé. Avec l'argent de ses parts, mon père avait monté un studio local et s'était empressé de racheter ses propres scénarios. L'aventure s'était poursuivie quelques mois avant que les Américains ne comprennent ce qui s'était passé. Il y eut un procès, qui dura plusieurs années et que mon père gagna finalement en appel. Dans l'intervalle, il s'était attiré les bonnes grâces des producteurs japonais et les avaient persuadés de continuer l'aventure.

Théoriquement, tout allait pour le mieux.

J'ai passé les premiers mois de mon séjour à essayer de comprendre la ville. J'ai pris des cours de japonais. J'ai lu les scénarios de mon père.

J'ai commencé à m'intéresser de plus près à tout ce qui concernait Godzilla.

Je trouvais les films absurdes. Je les regardais tous. D'accord, admettons : ils n'étaient pas absurdes. Il y avait quelque chose derrière le carton-pâte. Quelque chose qui parlait à mon âme.

Mon père et moi avions de longues discussions. Pour lui, la série Godzilla constituait une authentique œuvre d'art. Une réinvention du monde.

Mon père était occupé à concevoir des décors de villes. Je traînais souvent dans ses studios, à la périphérie de Tokyo. La plupart des cités japonaises avaient été reconstituées au détail près. Le premier film de mon père, qui avait confié sa réalisation à un tâcheron des studios Jikaru, devait se dérouler à travers tout le Japon et mettre en scène, en plus de Godzilla, le grand retour de Rodan, des enfants de Mothra, et de Mecha-Godzilla.

Le scénario était assez incompréhensible. C'est bon signe, disait mon père.

Il y avait sur le plateau un type qui se faisait appeler Angilas – en hommage, si l'on peut dire, à un ankylosaure de *Godzilla sur l'île des monstres*.

Angilas était un assistant de production furieusement barré. J'ai fini par découvrir qu'il appartenait à un réseau secret, une confrérie tokyoïte de dealers et junkies huppés qui s'affublaient de noms codés. Il n'était pas le plus influent. Bien qu'il affirmât le contraire, il se trouvait plutôt au bas de l'échelle. Mais son réseau regroupait de jeunes stars en devenir et il était facile d'y trouver sa place, pour peu qu'on connaisse quelqu'un ou qu'on ait les moyens.

Moi, je connaissais le producteur en chef et j'étais riche, grâce aux intérêts accumulés, de trente-quatre millions de dollars. Si tu nous rejoins, m'avait confié un acteur lors d'une soirée de défonce radicale, tu vas accéder à un monde de visions bestiales.

Je ne savais pas encore à quel point il avait raison.

Quand il faut

La voix s'arrête. Je me laisse tomber sur un banc, en face de la devanture d'un restaurant occidental. Un livre a été posé. Je ne sais pas s'il m'est destiné.

À première vue, il n'y a que des pages blanches.

La vie est ainsi faite dans cette ville. Interruptions. Coïncidences tronquées.

Je feuillette le livre. À la fin, à la toute fin, quelques paragraphes solitaires. Je lève la tête. Des traces cotonneuses passent dans le ciel, s'entremêlant. Des boucles, des rêves au-dessus de la ville. Des allers et retours. Des vols annulés. Des accidents en puissance. Des oublis filandreux.

C'est un livre sur la mort, me dit la voix. Je le connais par cœur.

C'est un livre sur les gens qui meurent de cette maladie. C'est un livre sur les gens qui se regardent dans un miroir et qui se demandent s'ils sont déjà morts et qui ne pèsent plus rien et dont tout le monde voudrait qu'ils aient déjà disparu parce qu'il est bien plus facile de chérir un souvenir qu'un squelette de trente-cinq kilos qui sent la mort à plein nez et qui refuse de laisser sa place.

C'est un livre sur les souvenirs et comment ce qui arrive vous semble tellement irréel que vous pouvez très bien décider, en définitive, que ce n'est jamais arrivé.

Et vous vous réveillerez en pleurant.

Et les morts vous demanderont pourquoi vous les avez oubliés.

Mon cœur bat plus vite. Il y a ces gens à qui on donne un dernier bain. La douceur infinie de cette eau qui ruisselle entre des omoplates saillantes. Un geste, des doigts fragiles qui s'égarent, une sonate qui ne sera plus jouée, un air qui ne vivra plus, plus sous ces doigts-là.

Il y a des questions. Combien de temps ? Il y a des spasmes, des draps souillés, des respirateurs artificiels. Il y a le fait de se retrouver seul, de laisser quelqu'un mourir à l'hôpital et de sortir et de trouver que la lumière a changé et de se rendre compte que le monde est devenu plus grand et que vous êtes devenu plus petit.

Des gens parlent, des gens pleurent, des enregistrements sont rassemblés, des témoignages de gens sous morphine, des gens à qui il reste trois jours à vivre et qui se voient comme le Christ, des gens qui disent en mourant « je suis le Christ » et que personne ne veut croire.

Il y a ces coups de téléphone qu'on voudrait ne jamais recevoir : il y a regarder le téléphone sonner et espérer que la sonnerie va s'interrompre et croire qu'on ne décrochera pas et décrocher instantanément parce que la peur est là, et quelque chose qui ressemble à de l'espoir aussi, quelque chose qui clignote comme une enseigne sur un parking désert avec le mot « fin » en lettres rouges brillantes.

Ce qu'il faut, c'est trouver le moyen de peupler le temps qui sépare la vie de la mort. Ce que personne ne trouve, c'est le courage d'accomplir les derniers mètres.

Regardez les gens s'il vous plaît. Les gens s'agrippent. Les gens veulent revenir en arrière. Les gens s'accrochent à ce qu'ils peuvent, ils veulent refaire l'univers, *leur* univers, avec les étoiles, les montagnes et les lions, les gens n'y arrivent pas, ils n'ont pas eu le temps, ils sont passés à travers et leurs mains sont vides, ils partent sans bagages, ce n'est pas possible, disent-ils, il faut que vous les aidiez.

Il y a : se laisser aller.

Il y a : la peur de se laisser aller.

Qui sera là ?

Je vois des silhouettes passer, drapées de silence, voûtées dans des couloirs blancs, je vois des fantômes arpenter l'espace avec des lenteurs de cauchemar.

Je passe une main dans mon dos. Mes écailles sont dures, rugueuses. Mes doigts rencontrent une étiquette. C'est une adresse, loin d'ici. Je l'arrache et je repars.

Vengeance de Godzilla

Il m'a fallu trois ans pour devenir Godzilla, reprend la voix. J'ai été le monstre à deux reprises : une fois dans le film de mon père, et une autre au sein de l'île des Monstres – le nom que nous donnions à notre petit réseau de toxicos professionnels.

Le film de mon père, le premier de la série Jikaru, s'appelait *La Vengeance de Godzilla*. Mon père était surpris que personne n'ait pensé à ça.

Le matin à cinq heures, j'arrivais sur le plateau et j'enfilais mon costume. Ensuite, j'attendais les indications du chef opérateur. Aujourd'hui, disait le type en tirant sur sa clope, nous allons détruire Osaka. Yokohama. Sapporo. Nagoya.

Je m'avançais dans un état second. J'étais déjà chargé à bloc à cette époque et, sur le plateau, on nous mettait *Carmina Burana* volume maximal pour nous aider à mieux ressentir l'ambiance. Je piétinais des écoles. Je soufflais des cônes de feu invisibles qui seraient intégrés ensuite en postproduction. Des hôpitaux brûlaient. Des cars se brisaient sous mes pas. Des gens fuyaient : eux non plus, je ne les voyais pas.

Le réalisateur trouvait que je faisais du bon travail. C'était un cinglé de premier ordre. Il prétendait que mon jeu conférait au personnage une dimension inédite : « Godzilla se comporte dans le film comme un authentique archange destructeur », disait-il en mâchonnant un sempiternel cigare éteint.

Et il le croyait.

Je me battais contre d'autres monstres : les larves de Mothra. Des enfants en costume. Rodan, le ptéranodon mutant.

Nous roulions sur des terrains vagues de quatre mètres carrés, sur des voies de train électrique, sur un volcan en éruption de neuf mètres de haut. Des types de l'île des Monstres traînaient aux abords du plateau. Je menais mes activités parallèles avec la bénédiction de mon père. Tout le monde savait ce qui se tramait.

Nous nous retrouvions lors de soirées privées où des prostitués des deux sexes étaient conviés, ainsi que des producteurs ratés, des actrices prépubères et des yakusa à lunettes fumées. C'était l'autre Tokyo. Le vrai.

Je me couchais à quatre heures du matin et je dormais une heure.

Au début, je me limitais au rôle de vendeur. La roue a vite tourné. J'ai eu besoin de drogues pour tenir le coup. Puis j'ai eu besoin de drogues pour oublier que je prenais des drogues. *Ad nauseam*.

Ma vie partait en lambeaux mais aucun signal d'alarme ne daignait retentir. Je ne savais rien, et surtout pas la façon dont ça allait se terminer.

J'avais vingt ans.

Je tournais dans un film de monstres qui ne se ferait jamais.

Je devenais peu à peu le plus gros consommateur de drogues de la ville.

Les autres se sont mis à m'appeler Godzilla, pas parce que c'était mon rôle – mais parce que oui, c'était vraiment moi.

L'île des Monstres

Consommer des drogues dures est l'une des façons les plus efficaces au monde de dépenser son argent. D'abord, on ne voit pas les jours se succéder. Ensuite la culpabilité vous ronge. Vous devenez nerveux, paranoïaque. Les plaisirs simples de la vie comme le parfum d'une fleur, un nuage désagrégé, le sourire d'une fille deviennent des mirages que vous devez salir, que votre cerveau malade s'ingénie à recycler, à détruire, à éloigner de votre système perceptif. Le printemps vous semble une farce, l'amour un conte douloureusement inaccessible. L'extase du premier shoot est si violente et si belle et si fulgurante que vous allez passer le reste de votre vie à essayer d'en retrouver la sensation. Vous le comprenez immédiatement. Vous comprenez aussi immédiatement que vous n'y arriverez pas. Vous courez sans cesse. Quelquefois, de façon fugitive, vous réalisez ce que vous êtes devenu. Autour de vous, les autres monstres s'agitent dans une même frénésie inutile, et vous voulez arrêter. Mais on n'arrête pas comme ça. L'appétit de destruction est trop fort. Les autres monstres vous entraînent, reviens ! vous crient-ils. Le combat ne peut se livrer sans toi ! Vous n'avez pas le droit de les laisser rugir seuls. Il faut que vous rejoigniez l'île des Monstres. Il faut que vous trouviez un sens à cette agitation. Alors vous vous battez. Vous vous battez pour obtenir plus de drogue, vous vous battez contre votre père qui brusquement ne supporte plus de vous voir vous détruire, contre les rares personnes qui croient encore en vous, et vous en voulez à la vie de vous garder, et vous appelez la mort, vous la cherchez, et la mort grimace et se cure les dents, impassible, la mort attend dans le recoin d'une boîte de nuit sordide, elle vous regarde danser et suer, elle commande un autre cocktail en détournant la tête.

Doute, doute

Debout devant la baie vitrée, je me rappelle un jour d'automne, une pluie de verre sur la moquette. Tout à l'heure, quand je marchais dans les rues, j'avais l'impression que les gens devenaient transparents : je n'ai pas réalisé tout de suite, ça ne m'était pas venu à l'esprit, mais maintenant c'est très clair.

Ce n'est pas eux.

C'est moi. C'est le monde alentour.

Les glaces, les vitres – jusqu'aux miroirs – les flaques d'eau, les lacs, les montagnes, l'esprit qui plane, putain, il y a quelqu'un ? mais répondez ! l'esprit qui flotte et s'oublie a perdu jusqu'au souvenir de mon image, je ne suis plus rien, je suis –

Les choses ont perduré ainsi pendant trois ou quatre ans. Le film ne sortait pas. Les studios vivotaient.

J'ai touché à toutes les drogues disponibles sur le marché. J'étais le roi maudit et las, le roi sans fin des monstres.

Les filles défilaient. Les garçons défilaient. Je tournais dans des courts métrages dont j'ignorais jusqu'au titre. J'étais debout sur un quai de gare et la vie passait devant moi comme une rame de Shinkansen, et je ne pouvais que gémir, lancer des pierres, trépigner de fureur.

Les gens ne comprenaient pas pourquoi je restais en vie. Tout le dégoût du monde palpitait sous mon crâne. Une tumeur, une calcification.

J'étais pris de vertiges, de vomissements. Je haïssais Tokyo. Je haïssais les autres. Je haïssais mon père. La nuit japonaise résonnait de mes vagissements.

Une jeune femme est tombée enceinte. C'était la fille d'un machiniste, je connaissais à peine son nom. Je l'ai forcée à avorter avec son propre argent. Je ne voulais pas du fils de Godzilla. La jeune femme a disparu de ma vie. On m'a raconté qu'elle s'était suicidée.

Le centre ne pouvait tenir.

La société de production pour laquelle bossait mon père a été mise en faillite. Ses anciens partenaires américains l'avaient retrouvé et lui réclamaient quinze millions de dollars. Mon père est venu me demander de lui prêter cette somme. Je lui ai ri au nez. Il fulminait.

Mais qu'est-ce que tu veux, bordel ? Qu'est-ce qui ne va pas avec toi ?

Je l'ai fixé dans le blanc des yeux. J'ai pris une inspiration. Tu me demandes ce qui ne va pas ? Regarde-moi. Tu es fier de toi ? Tu m'as mis au monde, papa. Tu m'as infligé la vie. Tu m'as jeté dans l'arène et je ne comprends rien à ce qui se passe : l'agitation, la frénésie galopante. Mon premier fix, mon dernier shoot, le sexe, le manque, l'argent.

C'est pareil pour tout le monde, a répondu mon père. Il faut que tu apprennes à te démerder, que veux-tu que je te dise ?

J'étais hors de moi.

Pareil pour tout le monde ? Mais qui je suis, moi, pour toi ? À quoi tu pensais lorsque tu as mis ma mère enceinte ? Tu avais des projets, sans doute ? Tu rêvais d'un avenir doré, tu nourrissais l'espoir de me protéger, de m'inculquer une quelconque sagesse ? Et tu disais qu'on m'avait confondu avec un autre ? Et ça te faisait marrer ? Je prends n'importe quelle autre vie, papa. N'importe quel autre putain de rôle.

Calme-toi, me disait-il. Je ne tenais plus en place. Personne ne m'avait appris à me démerder. Personne ne m'avait donné d'amour, sauf ma mère, pendant cinq jours, parce qu'elle avait compris qu'elle allait mourir.

Mon père m'écoutait dorénavant.

Est-ce qu'il faut comprendre la mort pour devenir capable d'aimer ? C'est peut-être ce que je pense. C'est peut-être pour ça que je prends toutes ces drogues. Pour trouver cette chose que tu es incapable de me donner.

Il est parti. Je suis resté sans bouger et je me suis mis à pleurer.

J'étais si seul.

À ce stade, il faut se représenter ma chambre. Les vieilles cassettes de Godzilla traînant sur la moquette. Le sofa défoncé à dix mille dollars. Les boîtes de mouchoirs maculées de sang. Les trous de cigarette. Ce type dans mon lit que je ne connaissais pas. Le bruit blanc de la télé, allumée vingt-quatre heures sur vingt-quatre.

J'habitais au dernier étage d'une tour cyclopéenne qui dominait la ville. Chaque jour me paraissait le dernier. J'attendais de voir les flots envahir l'horizon. J'attendais de voir le monstre. Je me réveillais à cinq heures de l'après-midi, tout étonné d'être encore en vie.

Quelques jours plus tard, l'enfer s'est ouvert sous mes pieds. Un matin, pour la première fois depuis des semaines, je me suis levé à l'aube et je me suis traîné devant le miroir de ma salle de bains.

J'avais une grosseur au cou.

Je l'ai palpée pensivement pendant quelques minutes puis je suis allé me recoucher. Je n'arrivais pas à dormir. Je pensais à ma mère.

Debout.

J'ai introduit une cassette de Godzilla dans le magnétoscope et je me suis vu, assailli par les hommes – les hommes qui m'avaient tiré de ma torpeur et qui allaient maintenant me détruire.

J'ai appelé un médecin, un vieux Japonais au regard malicieux. Il me suivait depuis quelques années ; il désespérait de me sortir de là.

J'ai parlé à sa secrétaire tandis que des avions de chasse attaquaient Godzilla et essayaient de le renverser. La fumée de leurs réacteurs traçait des messages dans le ciel. *Crève. Crève !*

Oui ? a fait le docteur.

Je lui ai expliqué ce qui se passait.

Il m'a écouté avec patience. Quand j'ai eu terminé, il m'a demandé de venir le voir sans délai. J'ai essayé de m'habiller correctement et je suis sorti en laissant la télé allumée. À l'écran, Godzilla s'effondrait.

J'ai pensé à ma mère dans le taxi.

J'ai pensé à elle dans les couloirs de l'hôpital, et quand je me suis assis sur une petite chaise à revêtement de cuir noir pour qu'on me fasse une prise de sang.

Est-ce que c'est ce que je crois que c'est ? ai-je demandé au docteur.

Attendons les résultats.

Le soir même, les résultats étaient disponibles.

Le docteur m'a fait entrer dans son bureau et a refermé soigneusement la porte. Il a mis un temps fou à s'asseoir, à trier ses papiers. Enfin, il a ouvert mon dossier et il a croisé les mains sous son menton.

Tes tests sont revenus positifs, m'a-t-il annoncé.

Je suis resté sans voix.

Tu sais ce que ça signifie ?

Ça signifie que je vais mourir.

Le docteur a souri. Nous allons tous mourir. La question est de savoir quand et dans quelles conditions. En ce qui te concerne, ça ne se présente pas sous les meilleurs auspices. Mais il existe maintenant des traitements assez efficaces. Des traitements qui peuvent retarder la prolifération du virus dans ton corps ou même la stopper pour un temps. Est-ce que tu as une idée de la façon dont tu as pu être contaminé ?

J'ai haussé les épaules.

Tu partages des seringues ?

Oui.

Tu utilises des préservatifs ?

Pour quoi faire ?

Le docteur a ouvert la fenêtre.

Les hommes m'ont détruit, ai-je soufflé.

Je ne pense pas, a dit le docteur en se rasseyant. Je crois que tu es assez grand pour te détruire toi-même.

Le cercle de l'errance

Je rentre. Je rentre à l'hôtel, les rues ne veulent plus de moi, les silhouettes se dispersent, explosent en perles de rosée, les âmes frissonnent, le chagrin est prégnant, tout est sur le point de disparaître.

J'essaie de penser à moi. J'essaie de comprendre ce que « moi » peut être et je vois des blessures, je vois des lits d'hôpital, des parents en pleurs, et les tragédies se mêlent comme des vols d'oiseaux fous, des échassiers rachitiques, à peine sortis des flammes et déjà prêts à y retourner.

Mon hôtel se dresse au centre de la ville. Son image m'est familière. Je reviens à cet hôtel parce que je n'ai nulle part d'autre où aller et que ma vie, la voix, la vie de la voix, tout me ramène ici.

Tokyo me répugnait. J'y suis tout de même resté deux ans encore. J'ai entamé une trithérapie sous suivi personnalisé et j'ai commencé une cure de désintoxication. Godzilla était touché en plein cœur. Les gens ne le savaient pas. Je ne voulais le dire à personne. Personne n'était assez important pour apprendre ça.

Un beau jour, mon père m'a annoncé qu'il allait se remarier avec une Japonaise. Le projet de films Godzilla était officiellement écarté. La maison de production croulait sous les procès et il n'était plus question de sortir quoi que ce soit.

Nous avons eu une longue discussion dans un bar enfumé près des docks. Mon père m'a dit qu'il regrettait beaucoup de choses – de ne pas s'être assez occupé de moi, par exemple. Il m'a dit qu'il voulait se rattraper. Il voulait que je devienne son témoin.

J'ai accepté. Je lui ai demandé si ça ne lui faisait rien que le témoin soit malade.

Quoi ?

Je lui ai raconté. Il avait l'air anéanti.

Ce n'est pas si grave, ai-je tenté de le rassurer. La maladie ne s'est pas développée et si je suis ma trithérapie...

Pourquoi ne pas m'en avoir parlé avant ?

Je n'ai pas trouvé l'occasion.

Ce n'est pas très juste.

La vie n'est pas très juste, ai-je soupiré. Tu aurais pu te manifester il y a des années. Nous aurions pu être heureux. Maintenant nous

111

sommes là comme deux cons à essayer de rattraper le temps perdu.

Mon père s'est mis à pleurer. J'ai posé une main sur son épaule. Allez, ai-je dit.

Quelques jours plus tard, il m'a présenté sa future femme. Elle était jeune. Elle était belle. Elle était enceinte. Étrangement, j'étais content pour eux.

La voix se fait pensive.

La voix se fait délicate, étouffée, secrète :

Je rêvais à cet enfant. Cet enfant était une nouvelle chance. Je me disais : il y a des gens qui ne sont pas faits pour la vie. Qui n'arrivent pas au bon moment. Il y a des karmas vérolés, des catastrophes inévitables. Il faut apprendre à se démerder.

Lorsque mon demi-frère est né, je lui ai acheté un énorme ours en peluche. Mon père m'a remis une cassette de l'accouchement et une autre où rien n'était inscrit.

Je suis rentré chez moi.

J'ai glissé la deuxième cassette dans le magnéto. C'était le film que nous avions tourné, *La Vengeance de Godzilla*. Mes larmes ont coulé, encore et encore. Le lendemain, je partais.

Effondrement du soir

Le soir s'effondre, oui, la nuit tombe comme une sentence, un rideau sur une scène usée et je suis allongé sur le lit de ma chambre d'hôtel, fatigué d'avoir marché, fatigué de la voix, des vies ratées, des directions non prises.

Quand je suis rentré tout à l'heure, il y avait un poème punaisé sur ma porte.

Nuages qui s'étirent
Les lèvres s'entrouvrent
L'herbe tachée de soleil
Se froisse
La cloche
Il est midi à l'ombre des amants

Je ne savais pas comment la jeune femme avait retrouvé ma trace ni ce qu'elle me voulait précisément, mais je savais que c'était elle.

Je suis tombé à genoux. J'ai griffé ma porte. J'avais besoin d'elle. Besoin que quelqu'un caresse ma joue, passe une main dans mes cheveux, prononce les mots « ça va ».

Je me suis posté à la fenêtre – le jour se délitait.

À présent je m'endors.

J'allume la télé pour essayer de rester éveillé mais le sommeil est un maître tyrannique qui ne me lâche pas, qui s'accroche, m'entraîne vers le fond.

Je me lève. Me rassieds.

Mes paupières tombent, mes bras tressautent, mon corps se cabre. Une peur affreuse me réveille. J'étais au bord d'un rêve. Je recule, effaré.

Je cours dans la salle de bains. Je ne vois rien dans le miroir, toujours rien mais cette fois, je me souviens. Je me souviens de moi, de ma respiration, de l'inclinaison exacte de mes poignets, je me souviens de mes doigts serrés sur les rebords du lavabo, de mon visage dévasté, une ruine : tout ce que je pouvais faire c'était secouer la tête, tenter par tous les moyens de chasser cette image de mon esprit.

Je sors dans le couloir.

J'appelle l'ascenseur. Les portes s'ouvrent ; je m'engouffre.

Il n'y a pas de numéro sur les boutons. J'appuie sur le dernier. La descente commence. Il n'y a pas de musique non plus. Il y a la voix, que je chasse en plaquant mes mains sur mes oreilles et en hurlant tandis que nous nous enfonçons sous terre.

Les portes me libèrent.

Il fait sombre.

Je risque un pas en avant. Les portes chuintent derrière moi, je n'ai pas de lampe, pas de briquet, pas même une boîte d'allumettes.

Je rase le mur du bout des doigts, m'enfonce dans le noir – et le néant m'engloutit.

Et puis

Et puis quoi ? Au bout du couloir, je pousse une porte. D'abord, j'ai du mal à comprendre. Je ne comprends pas, parce que tout a changé de nouveau, parce qu'il fait froid ici aussi et parce qu'il pleut, et parce que tout ça va prendre tellement de temps. Vous me trouvez à genoux sous la pluie. Vous me trouvez au bord de la mer. Je me retourne, je pose des questions, personne ne répond, je me relève, je secoue la tête, je pense à ma mère, à nous, à ce que nous n'avons pas su être l'un pour l'autre, et il n'est rien que vous puissiez faire.

Une cabine téléphonique attend sur le trottoir.

Il me reste quelques pièces.

J'appelle mon père.

Allô.

Papa ? Papa ?

Nom de dieu, Daniel. Où es-tu ? J'ai appelé la police, j'ai –

Tout va bien.

Tout va bien ? Ça veut dire quoi ?

Ça veut dire que je suis en vie. Ça veut dire que je fais des choses, que je...

...

Papa ?

Je te demande de...

Papa, je voudrais savoir un truc.

Je t'écoute.

Pourquoi maman s'est tuée ?

Quoi ?

On n'en a jamais parlé.

Daniel...

Jamais, putain.

Daniel, où es-tu ?

Je me suis demandé. J'ai vu des photos de moi dans l'album. Des fois on dirait que je suis de trop, je ne sais pas. Et maman...

Laisse ta mère en paix.

Tu peux répondre ?

Daniel.

Tu peux répondre papa s'il te plaît ? Est-ce que maman ne voulait pas que je naisse ?

Daniel. Il n'y avait que toi, imbécile. Il n'y avait…

Il fond en larmes.

J'écarte le combiné de mon oreille, pas trop – juste ce qu'il faut pour ne pas l'entendre geindre.

Sous le costume

Godzilla n'est plus là.

Je suis rentré chez moi, le visage de mon père était rouge de colère et d'émotion, il reniflait, il m'a serré très fort, les flics furetaient partout, ils compulsaient un album de famille, il y avait des photos de moi, ils me montraient du doigt, ils réfléchissaient.

Le commissaire a posé une main sur mon épaule.

J'ai dit : pourquoi vous regardez cet album ?

On ne devait négliger aucune piste.

J'ai secoué la tête. Hein ?

Vous avez été excessivement imprudent, a fait le commissaire. Les errances nocturnes, on ne sait pas où ça mène. J'ai entendu dire que vous aviez eu des problèmes. Peut-être que ce serait bien d'en parler avec un psychiatre.

J'ai dit : non merci.

Ils m'en voulaient mais, d'un autre côté, ils étaient soulagés que je sois revenu. Et contents pour mon père.

Maman

Je pense à ma mère.

Je pense à ma mère debout, une jambe par-dessus la rambarde dans cette vaste chambre d'hôtel japonaise, et Tokyo nous regarde. Je pense à ce qui se passera quand l'autre jambe suivra et que le corps basculera en avant.

Ce que ma mère dit à mon père à ce moment-là, je ne me le rappelle pas.

Des cris. Des insultes. Des menaces.

C'est de la mort que parle ma mère. La sienne et celle des autres. La mort qu'on essaie de circonscrire à des mots, à des peurs, à des souvenirs, la mort qui change tout, qui bouleverse le monde d'un seul coup d'éventail.

Des trajectoires dévient. Des destins s'effondrent en une poignée de secondes. Des gens auraient pu vivre et ne vivront pas, et ceux qui ne sont plus là forcent l'entrée de votre esprit, de vos souvenirs, et des myriades de possibilités se ramènent à un faisceau indivisible, et ce faisceau se mêle à votre vie et l'enserre comme une plante étreint son tuteur.

Je ne saurai jamais ce qui s'est joué exactement dans cette chambre, je ne connaîtrai jamais la réalité unique mais putain, je peux imaginer toutes les autres.

Générique

Ce soir-là, après que mon père m'a posé cinquante fois les mêmes questions, après que j'ai refusé cinquante fois de répondre, après que les flics m'ont certifié à trois reprises qu'il n'y a jamais eu de fête foraine à l'endroit dont je parle, ou alors une installation sauvage, un happening illégal et minuscule, mais une grande roue, bordel ! ce soir-là, je télécharge *Godzilla contre le Destructeur*, le dernier film de la série, ça me prend huit heures et au petit matin je le regarde enfin, et je constate que quelques scènes du tout premier film ont été insérées sous forme de flash-back, et je me sens inquiet et hagard et terriblement paumé.

Générique rapide ; j'éteins l'écran. Je sors sur le balcon, reste une demi-heure à contempler l'océan. Les lumières des lampadaires accompagnent l'aurore. Quand je ferme les yeux, je vois un couloir d'hôpital. Je songe aux dernières images du film : la mort de Godzilla et son fils qui apparaît dans un nuage de fumée, et qui pousse son fameux rugissement.

La fin ? Le commencement ?

Retour sur la colline où je ne suis jamais venu

Godzilla n'est plus là.

Nous sommes lundi matin, je ne vais pas au lycée, j'ai raté le bus, le bus ne m'a pas vu, nos trajectoires ont refusé de se croiser.

Je peux essayer de visualiser ce qui s'est passé. Je peux penser à lui et terminer le chemin à sa place. Je lui dois bien ça.

J'ai une adresse. J'ai mémorisé le numéro et la route. C'est là-haut, sur la falaise, la villa où tout s'arrête.

Je pars à pied. La route est encore luisante de pluie. Le matin se déploie – un trio de mouettes plane dans l'air bleu vif et les voitures ont abandonné leurs vitres teintées. Une chanson :

Go face the day
Go and see new things
Go face the day
But you'll remember me...

Je pense à lui. Je le vois, je vois le monstre qu'il a été et que j'aurais pu être. Ça ne mène nulle part ; ça fait passer le temps.

Exit

Godzilla est rentré chez lui. Il a longé la jetée jusqu'à l'aube, fixant l'océan à travers le filtre de son sachet en papier. Quand il a été sûr que j'avais disparu, il a ôté le sachet et l'a froissé dans sa main, avant de le laisser s'envoler au-dessus de la plage. Godzilla habitait une maison au milieu des arbres avec des oiseaux partout et une pelouse rase brillante de rosée. Il a posé le costume sur son lit king size et il s'est déshabillé. Il était très maigre, pas plus de quarante-cinq kilos et, par endroits, son corps était couvert de petites plaques rouges. Sa langue était chargée, couverte d'une humeur blanchâtre. Il avait mal à la tête, mal au ventre et même ses os le faisaient souffrir. Il sentait que la fin était proche. Son taux de lymphocytes T4, en l'absence de tout traitement, était tombé à zéro. Il s'en foutait. Il se foutait des prises de sang, des petites pilules du matin, du midi et du soir, des visites semestrielles. Il se foutait des boutons blancs dans la bouche, des élancements diffus, de la colique, des faiblesses.

Il a enfilé sa combinaison.

Il est resté quatre jours chez lui.

Il a regardé toutes ses cassettes, ses articles de presse, il s'est assis dans le jardin sur l'herbe de la nuit jusqu'à ce que les oiseaux le croient fossilisé et viennent se poser entre ses jambes écailleuses de godzillasaurus.

Il a laissé son esprit dériver vers des mondes que je ne connaîtrai pas.

Et moi ?

Moi, pendant ce temps, je deviens frénétique, je sonne à sa porte, je monte sur des arbres pour essayer de le voir – les stores sont fermés – je laisse des messages, des lettres pliées sur son perron, envoyées en boule dans son jardin, moi je lui dis : ne reste pas comme ça, une ère est finie, d'accord, mais une autre commence, tu as ton père, tu as ton demi-frère, pars ! va les rejoindre au Japon, va leur donner ton amour, regarde : l'océan est pur, les vagues reviennent, perpétuelles, il y aura des demains, il y aura des ailleurs, laisse-moi t'aider, laisse-moi te soigner, laisse-moi croire en toi encore, hey, tu es là ?

Je lirai des livres sur les MST à la bibliothèque du lycée ; je parlerai aux élèves : de moi, de l'océan, de ce qu'on veut ; les gens souriront sur mon passage ; ils me trouveront différent, bizarre, peut-être même mieux qu'avant ; mon père aussi verra que j'ai changé ; je discuterai avec lui le soir ; je ne jouerai plus à la console, les univers persisteront ; je deviendrai une créature sociale ; j'aiderai, je vous aiderai, j'aiderai le monde ; je me parlerai encore à moi-même mais différemment, avec calme et mesure ; je sifflerai des airs inconnus, inventés, je sifflerai des airs oubliés, je lirai des romans sans massacre, l'horizon sera ma pitance, j'achèterai des fruits juteux que je partirai déguster sur la plage, j'offrirai des fleurs au sable, un bouquet sur la blancheur léché par l'écume, je penserai au futur, aux poèmes de cette jeune femme, au réconfort qu'amène le simple fait de penser à l'avenir parfois, et je ferai tout ça avec toi et je ferai tout ça sans toi.

Parce que :

C'est le destin des monstres de mourir.

Parce que :

Les blessures demeurent béantes et les larmes continuent de couler et le passé est le nom figé du regret, le passé larde le présent de coups de poignard vicieux, toujours, alors autant vivre sans lui, tu ne crois pas ?

Vers le large

C'est un matin de février. Il neige sur l'océan.

Godzilla descend sur la plage à six heures précises. Jusqu'à cet instant, il est resté soigneusement caché. L'ordinateur qu'on inspecte chez lui a été éteint peu de temps auparavant.

Godzilla descend sur la plage, rase le muret puis s'arrête et fixe la mer. Lentement, il s'avance. Il a de l'eau jusqu'aux mollets, jusqu'aux cuisses. De l'eau jusqu'au ventre – et lorsque les vagues lui arrivent à la poitrine, il se met à nager.

Il ne se retourne pas.

Je suis là mais il ne le sait pas ; de toute façon il est trop tard.

L'eau est glacée. Les vagues ont un goût de mort. Je le vois s'éloigner vers le large, intouchable. Il se laisse porter. Le courant est fort.

Le courant l'entraîne.

Je veux vivre, il est né pour mourir, mais la différence n'est pas très nette : dans une eau à trois degrés, avec le vent qui se lève, la nuit paresseuse, le sel qui pique la bouche, les tourbillons – le monstre veut exister encore.

Je ne le sauverai pas.

Il est à bout de forces. Il avale de l'eau, ses poumons le brûlent, l'océan le submerge, il est ivre, désespéré, malade de joie et de tristesse.

Chaque vague me ramène à moi-même. Chaque vague l'éloigne du rivage.

De loin en loin, j'aperçois sa silhouette dansant au creux de la houle. Bientôt, les feux de l'aube embraseront le ciel et ce seront des feux blafards, rayonnant d'amertume, et lui sera intouchable.

Je pense au Japon. Je pense aux immeubles qui s'effondrent, aux gens qui courent, aux gens qui s'aiment, au temps qui passe, je pense à des impasses, à des monstres, à des portes d'hôpital qui claquent, à une déflagration assourdissante, à une vague plus haute et plus forte que toutes les autres. Après quoi, la vague en question submerge le Godzillasaurus et je crois (il me semble) que je perds connaissance.

Coda

On ne retrouvera pas le cadavre de Godzilla. Une disparition est signalée, un corps a été vu, flottant, mais de nuit – les gardes-côtes ne sont pas très sûrs.

Mon père est avec moi lorsque nous l'apprenons.

Il me tient par le bras.

Je chancelle.

Il paraît que depuis quelque temps, je vais mieux. Aller mieux signifie ceci : un bateau revient au port, un cadavre a été aperçu, les gens en parlent et vous ne ressentez qu'une faible douleur à la poitrine et tout à l'heure, le bateau repartira, et vous savez déjà qu'ils ne trouveront rien, et c'est ce « rien » qui vous fait grandir.

Mon père se dirige vers la voiture. Nous allons quitter V. Mon père ouvre ma porte et s'installe au volant. À la radio, les *Kindertotenlieder*.

Il dit : si tu veux qu'on parle de comment tu es arrivé, je suis...

Il dit : on ne sait pas pourquoi ta mère s'est suicidée. On ne sait pas.

Il dit : tout ça est horriblement compliqué. Tu veux en parler ou non ? Je suis là.

Je suis là, moi aussi.

La pluie tombe, fine et froide, crépite sur le pare-brise. Nous allons quitter V. Descendre vers le sud.

Mon père actionne les essuie-glaces.

C'est à ce moment-là que je repense à mon histoire, dans quelle mesure elle est une histoire, de quelle façon elle se termine, et voilà ce que je me dis :

Il n'y a pas de morale. Il n'y a pas de vainqueur ou de vaincu.

Il y a la vie.

Il y a les monstres.

Nous faisons tous partie du film.

8578

Achevé d'imprimer en France
par **CPI BRODARD ET TAUPIN**
le 14 septembre 2009. 54326

Dépôt légal septembre 2009.
EAN 9782290004777

EDITIONS J'AI LU
87, quai Panhard-et-Levassor, 75013 Paris

Diffusion France et étranger : Flammarion